도망치는 연인

도망치는 연인

이승은 소설

차례

눈보라

태오는 장갑을 끼고 방한용 넥워머를 둘렀다. 주유소 입구로 차가 한대 들어오고 있었다. 넥워머를 위로 끌어올리며 태오는 사무실 밖으로 나갔다. 체감온도 영하 22도로, 올겨울 들어 가장 추운 날이었다.

얼마 넣어드려요.

태오가 운전석 쪽으로 몸을 숙였다.

꽉 채워주세요.

택시 기사는 제설 작업으로 통제 중인 도로에 한참 매여 있었다고 불평했다.

태오는 주입구를 열고 노즐을 넣었다.

체인 잘하셨네요.

뒷바퀴에 단단히 감긴 체인을 보고 태오가 말했다.

눈이 또 올 것 같아. 눈이라면 이제 지긋지긋해.

택시 기사가 얼굴을 찌푸렸다. 하늘에는 시커먼 구름이 낮게 깔려 있었다. 눈을 쏟아내지 않으면 곧 하늘이 무너져 내릴 것 같았다. 택시가 떠나고 얼마 지나지 않아 눈이 내리기 시작했다.

차가 없는 틈에 태오는 사무실로 들어갔다. 세평 남짓한 사무실에 낡은 소파와 테이블, 사무용 책상과 의자, 철제 사물함이 놓여 있었다. 한가운데에는 석유난로가 자리했다. 난로 위 주전자에서 하얀 김이 피어올랐다. 사무실 통유리벽 너머로 흩날리는 눈송이와 담벼락에 묶여 바람에 펄럭이는 현수막이 보였다. 현수막에는 '안심 주유소'라고 쓰여 있었다. 서울로 향하는 외곽 도로변에 위치한 이 주유소는 백평이 채 넘지 않는 규모였다. 주유소 주인 박사장은 몇해 전 셀프주유기를 여섯대로 늘리면서 아르바이트 고용을 줄였다. 한겨울에는 세차장을 운영하지 않고 직원 두명이 교대로 근무했다. 야간근무는 줄곧 태오가 도맡았다.

태오는 종이컵에 커피믹스를 털어 넣고 주전자의 뜨거운 물을 부었다. 커피 가루와 흰 설탕, 프림이 물에 녹으며 달콤한 냄새를 풍겼다. 커피를 마시며 태오는 주유소 입구를 바라보았다. 태오는 누군가를 기다리고 있었다. 곧 도착할 누군가를 위해 2층 직원휴게실의 실내 온도를 높이고 전기장판도 미리 켜두었다. 잠시 후에 무표정하던 태오의 얼굴에 생기가 돌았다. 태오는 종이컵을 내려놓고 사무실 밖으로 뛰어나갔다. 주유소 입구로 지수가 트렁크를 끌며 걸어오고 있었다.

태오가 지수의 트렁크를 들고 2층으로 향하는 계단을 올랐다.

여기 뭐가 들었어? 왜 이렇게 무거워.

트렁크 바퀴가 철제 계단에 부딪힐 때마다 쿵쿵 소리가 울렸다.

책 때문이야. 이거 끌고 오느라 어깨 빠지는 줄 알았어.

버스 정류장에서부터 걸어온 지수가 숨을 헐떡이며 계

단을 올랐다.

그러게 일찍 오라니까.

지수는 오기로 한 시간보다 늦게 도착했다. 교대 시간
이 지나버려서 태오는 마중을 갈 수가 없었다.

다 끝내고 나오려는데 일손이 모자란다고 옆 행사장 뒷
정리까지 해달라는 거야.

지수는 예상보다 길어진 출장 뷔페 아르바이트를 마치
고 친구 희영의 집에서 짐을 챙겨 왔다.

둘은 2층에 올라 직원휴게실로 들어섰다. 수도가 얼지
않도록 헐겁게 해둔 주방과 욕실 수전에서 물이 똑똑, 떨
어지고 있었다. 태오가 방문을 열고 스탠드를 켰다. 스탠
드 불빛에 옷장과 작은 서랍장, TV가 보였다.

손이 얼음장이야.

태오가 지수의 손을 끌어 펼쳐놓은 이불 아래에 넣었
다. 지수의 양 볼과 코끝이 발그레했다. 코트와 머리카락
에는 녹은 눈송이가 물방울이 되어 맺혀 있었다.

따뜻해, 하며 지수가 태오의 손도 잡아끌었다. 서로의
차가운 볼이 맞닿았다. 지수가 몸을 기울여 태오의 가슴

에 얼굴을 비볐다. 말없이 있던 둘은 몸을 비틀며 웃었다.
지수의 머리카락이 태오의 목덜미를 간지럽혔다. 소리 내
어 웃던 태오가 창가로 고개를 돌렸다. 차바퀴 구르는 소
리를 들은 것 같았다. 태오가 벌떡 일어나 창밖을 내다보
았다. 살짝 열어둔 창문으로 찬바람이 새어 들어왔다.

차 들어왔어?

지수의 물음에 태오가 고개를 저으며 다시 지수 곁으로
왔다.

이거 예쁘지?

지수가 천가방에서 앵두만 한 전구들이 달린 전선을 꺼
냈다. 매니저가 행사 마지막 날이라 처치 곤란인 트리 장
식용 전구를 아르바이트생들에게 나눠주었다고 했다.

이번 크리스마스에는 분위기 좀 낼 수 있겠지?

지수가 전원을 연결하자 줄줄이 달린 전구에 불이 들어
왔다. 전구의 반짝이는 불빛을 보며 태오가 웃었다. 방 안
에 노란 불빛이 은은하게 퍼져 아늑한 분위기가 감돌았다.

어, 이번엔 차 왔다.

차바퀴 구르는 소리가 들려왔다. 태오가 몸을 잽싸게

놀리며 방문을 열었다. 차를 받으러 내려가야 했다.

뭐 시킬까?

지수가 태오를 쫓으며 물었다.

너 좋은 걸로!

태오가 외치며 현관문을 열고 나갔다. 이어서 타닥타닥, 계단을 뛰어 내려가는 소리가 들렸다.

지수는 태오가 서 있던 창가로 갔다. 창가에서 주유소 전경을 내려다보았다. 멀리 보이는 산과 호수, 달리는 차와 불빛 위로 눈이 내리고 있었다. 도로를 달리던 차 몇대가 주유소 입구로 들어왔다. 태오가 한 무리의 차를 보내자마자 차가 또 들어왔다. 트럭도 뒤따라 들어왔다. 지수도 예전에 주유소 아르바이트를 한 적이 있었다. 차가 몰리는 시간에는 쉴 틈이 없고 셀프주유기가 있어도 직원이 필요했다.

지수는 배달 앱으로 치킨을 주문했다. 눈에 젖은 코트를 옷걸이에 걸어두고 나서 트렁크를 열었다. 트렁크의 반은 희곡집과 연극 이론서, 대본집이 차지했다. 나머지

는 미니전기요와 헤어드라이어, 세면도구와 담요 한장이
었다. 배낭과 천가방에는 여벌의 옷과 양말, 속옷이 들어
있었다. 희영의 집에 얹혀 지내던 터라 큰 짐은 없었다. 지
수는 필요한 물건만 몇가지 꺼내고 나머지는 도로 가방에
넣었다. 꺼내놓은 물건도 되도록 눈에 띄지 않도록 까치
발을 하고 옷장 맨 위 칸에 넣었다. 세면도구는 욕실에 가
져다 두었다. 욕실에서 나온 지수는 주방과 거실을 둘러
보았다. 싱크대와 냉장고, 전자레인지가 눈에 들어왔다.
한쪽에 세워진 건조대에는 목장갑과 걸레, 수건이 걸려
있었다. 직원휴게실은 희영의 투룸만큼 넓었다. 지수는 주
방 싱크대 앞에 잠시 서서 자신에게도 딱 이만한 방과 주
방과 욕실이 있으면 좋겠다고 생각했다.

　희영의 예상치 못한 임신으로 지수는 급하게 희영의 집
에서 나와야 했다. 희영은 남자친구와 싸우고 화해하기를
반복하며 절대 결혼하는 일은 없을 거라더니 임신이 확실
해지자 며칠 만에 집을 내놓고 결혼 준비를 시작했다. 지
수는 앞으로 지낼 곳을 구해야 했다. 희영에게 빌린 돈도
갚아야 하는데 극단 공연 연습이 시작되면 당분간은 아

르바이트 시간을 반으로 줄일 수밖에 없었다. 지수는 지난주에도 이번 주에도 카드값과 식비, 그리고 혼자 부담해야 할 월세를 따져보았다. 아무리 생각해도 뾰족한 수가 없었지만, 생각하지 않을 수 없었다. 이런 생각으로 머릿속이 가득 차면 자신이 점점 사나워지고 있다는 느낌이 들었다.

지수는 가방에서 대본을 꺼내 들고 다시 창가로 갔다. 극단에서 내년 상반기에 공연할 작품의 대본이었다. 지수가 하고 싶은 역할은 마리안이었다. 창가에 선 지수는 고개를 들어 올리고 숨을 크게 들이마셨다. 눈을 감았다가 다시 떴을 때 하늘이 뚫린 것처럼 눈이 쏟아지고 있었다. 곤두박질치다가 다시 하늘로 솟아오르는 눈송이, 거센 바람에 실린 눈이 지수의 얼굴을 뒤덮었다. 지수는 서둘러 창을 닫고 계단을 뛰어 내려갔다. 배달 오토바이가 주유소 입구로 들어오고 있었다.

사무실로 내려간 지수는 태오와 똑같은 파란 점퍼를 입고 모자를 썼다. 사무실 안에 치킨과 감자튀김의 고소한 냄새가 진동했다. 둘은 교대로 차를 받으며 치킨을 먹었다. 주유소 입구에서 눈을 떼지 못한 채 테이블 옆에 서서 바삭한 튀김옷과 쫄깃한 살코기를 씹고 삼켰다.

이러다 체하겠어.

차를 받으러 나갔던 지수가 사무실에 들어서 눈을 털며 말했다.

이제 천천히 먹어도 돼. 차 줄기 시작했어.

태오가 콜라를 따랐다.

오늘 이렇게 눈이 많이 올 줄 몰랐네. 치킨 배달한 사람은 무사히 돌아갔을까?

이틀 만에 또 폭설이라 길이 많이 미끄러울 텐데.

태오는 스마트폰을 집어 들었다. 당분간 눈이 내리지 않을 거라던 기상 예보는 틀렸다. 주차장과 다를 바 없는 도로 상황에 차에서 내려 걸어가는 사람들 모습이 실시간 뉴스로 나왔다.

둘은 손에 기름을 묻히며 남은 치킨과 감자튀김을 먹어 치웠다.

정말 여기서 지내도 돼?

냅킨에 손을 닦으며 지수가 걱정스러운 얼굴로 물었다.

사장한테 걸리지만 않으면 돼.

태오가 테이블 위를 치우며 말했다.

당장은 고시원에 가기도 여의치 않은 사정을 알고 태오는 지수에게 주유소로 오라고 했다.

지수가 주유소 직원휴게실에서 잠을 자는 날이 오늘이 처음은 아니었다. 희영이 집에 남자친구를 데려오는 날에도 지수는 이곳에 신세를 진 적이 있었다. 하지만 오늘은 하룻밤이 아니라 당분간 지내려고 온 것이었다.

지수가 계속 시무룩해 있자 태오는 걱정 마, 마리안! 하고 크게 외쳤다. 큰 소리에 깜짝 놀란 지수가 태오를 장난스레 밀쳤다.

우와. 눈 좀 봐.

태오가 소파에서 일어나 통유리벽 앞으로 갔다. 지수도 일어나 태오 옆에 섰다.

강풍과 함께 소용돌이를 만들며 하늘로 치솟는 눈보라였다.

오늘 밤은 좀 쉴 수 있겠네.

태오가 유리벽에 손바닥을 대었다.

주유소로 들어오는 차는 한대도 없었다. 제설 작업은 내일 새벽에나 시작될 것이 뻔했다.

지수가 태오의 어깨에 머리를 기댔다. 익숙한 냄새가 났다. 태오의 머리카락과 피부, 그리고 지수가 입은 점퍼에서도 나는, 화하면서도 알싸한 기름 냄새였다. 둘은 입을 맞추었다.

잠시 후에 지수가 외쳤다.

저기, 누가 오고 있어!

눈발 사이로 무언가 움직였다. 비틀거리며 주유소를 향해 걸어오는 사람이 보였다. 둘은 사무실 밖으로, 눈보라 속으로 달려 나갔다.

첫 만남

시동이 꺼진 차 안에서 영인은 두가지를 후회했다. 첫째는 전기차를 구입한 것, 둘째는 혼자 강소에 온 것이었다. 남편 선욱은 길이 미끄러울 거라며 며칠 후에 함께 가자고 했지만, 영인은 한시라도 빨리 정비를 마친 공장 B동을 둘러보고 싶었다. 영인이 강소에 도착했을 때는 눈이 솜털처럼 사뿐히 내리고 있었다. 폭설이 아니길 바랐는데 B동의 시설을 확인하고 나와보니 어느새 크고 무거워진 눈송이가 매서운 바람에 실려 사방으로 흩날리고 있었다. 서울로 돌아가는 차 안에서 영인은 잔뜩 긴장했다. 앞유리로 달려드는 눈 때문에 시야가 온통 뿌옜고 도로는 미끄러웠다. 눈길에 바퀴가 돌아 가드레일에 차를 박았던 경험이 있는 영인은 곡선 도로에 들어서기 전에 속도를 더 낮추었다. 차는 미끄러짐 없이 커브 구간을 무사히 지나더니 직선 도로에 진입한 뒤에 갑자기 멈춰 섰다. 시동이 꺼지며 전원이 차단되었고 얼마 지나지 않아 배터리가 방전된 듯 비상등마저 꺼졌다. 다행인지 불행인지 도로에는 오가는 차가 한대도 없었다.

영인은 먼저 선욱에게 전화했다. 보험사, 레커차 업체와도 통화했다. 담당자 여럿과 수차례 통화하며 영인은 조금씩 초조해졌다. 공업사와 렌터카 회사에도 연락해보았지만 움직일 수 있는 차가 없었다. 근방의 8중 추돌사고로 레커차가 총출동한 상태였고 렌터카 업체에서는 이런 도로 상황에 차를 보낼 수 없다고 했다. 강소에서 조금 떨어진 지역의 레커차 업체와 연락이 닿았지만 제설 작업 전에는 갈 수 없다고 했다. 선욱이 지역 소방서로 연락해볼테니 조금만 기다리라는 전화를 걸어왔다. 그 통화가 마지막이었다. 십여통의 전화를 돌리는 사이 얼마 남지 않은 배터리가 바닥을 드러냈다. 방전된 스마트폰을 손에 쥔 채 영인은 잠시 꼼짝하지 않았다. 히터가 꺼진 차 안은 금세 싸늘해져 입김이 나왔다. 모든 차창엔 쌓인 눈이 얼어붙어 있었다. 하얀 눈송이가 투명한 유리를 빈틈없이 채워 밖을 전혀 볼 수 없었다. 영인은 수동 개폐장치를 당겨 운전석 문을 열었다. 어둑한 도로 양옆으로 가드레일 없이 침엽수가 늘어서 있고 여전히 지나가는 차는 한대도 없었다. 눈은 계속 쏟아졌다. 온몸을 파고드는 냉기를 느끼며 영인은 자신이 완전히 고립되었다는 사실을 깨달았다.

영인은 가방을 걸치고 목도리를 두른 후 차에서 내렸다. 트렁크에서 손전등을 꺼내고 도로 한가운데에 차를 버려둔 채 걷기 시작했다. 걷는 내내 달려드는 눈송이 때문에 눈을 제대로 뜨기가 어려웠다. 손전등에 비친 눈보라는 바람을 따라 무리 지은 수억마리의 날벌레떼 같았다. 휘몰아치는 눈보라의 기세에 영인은 몸을 움츠렸다. 손전등에 의지해 걷다가 어디선가 들려오는 소리에 걸음을 멈추었다. 서걱서걱, 눈 밟는 소리가 바로 옆 침엽수 사이에서 들려왔다. 고개를 돌려 숲 쪽을 바라보자 나무 기둥 사이로 무언가 번쩍였다. 작은 불빛이 두개씩 짝 지어 움직이고 있었다. 뒷걸음질하던 영인은 도로를 가로질러 뛰었다. 겨울 내내 굶주린 멧돼지나 들개일까, 반대편 갓길에 선 채 가슴을 졸이며 도로 너머를 살폈다. 불빛은 더 이상 보이지 않았다. 안도의 숨을 내쉬며 걸음을 재촉하던 영인은 외마디 비명을 내질렀다. 아스팔트 포장 도로의 가장자리를 밟으며 발이 미끄러져 도로 아래 경사면으로 굴렀다. 튀어나온 바위에 옆구리를 찧고 나무 기둥에 부딪혔다가 눈 더미에 처박히며 코트 소매가 뜯기고 손전등은 멀리 날아갔다.

얼마나 시간이 흘렀을까. 죽은 듯 누워 있던 영인의 눈꺼풀이 움직였다. 눈밭에 맞닿은 얼굴이 얼얼했고 손가락과 발가락 끝의 감각이 둔했다. 체온이 떨어지고 있었다. 영인은 몸을 간신히 일으켰다. 바위에 긁힌 얼굴과 손등에 피가 맺히고 허리와 뒤통수에 찡한 통증이 찾아왔다. 몸을 죄어오는 공포 속에서 딸과 선욱의 얼굴을 떠올리며 비교적 완만한 비탈 쪽으로 무작정 발걸음을 내디뎠다. 몇번을 미끄러지고 넘어지며 걷다가 마침내 아스팔트 도로에 발이 닿았을 때는 낮은 탄성을 내질렀다. 멀리 도로

끝에 환한 불빛이 보였다. 주유소의 대형 간판이었다.

주유소 입구에 다다른 영인은 양팔을 번쩍 들어 올려 흔들었다. 점퍼를 입은 남자와 여자가 영인을 향해 달려오고 있었다. 희뿌연 눈송이 사이로 두 사람의 얼굴이 보였다. 그 순간 다리에 힘이 풀려 바람 빠진 풍선 인형처럼 바닥에 주저앉았다.

태오가 영인을 일으켜 사무실 안으로 데려왔다. 영인은 머리끝에서 발끝까지 눈을 뒤집어쓴 채였다. 속눈썹에 눈송이가 얼어붙어 있고 얼굴은 창백하고 입술은 푸르스름했다. 수건으로 영인의 몸을 털어내자 뭉친 눈덩이가 우수수 떨어졌다. 사무실 바닥은 눈이 녹은 물로 흥건해졌다.

영인은 지수가 건네준 커피를 마시며 자초지종을 들려주었다. 지수는 차가 고장 나 한참을 걸어왔다는 설명에 고개를 끄덕이면서도 사실은 영인이 누군가에게 쫓겨 도망친 건 아닐까, 생각했다. 영인의 손등에는 피가 말라붙어 있고 코트 소매가 뜯겨 있었다. 한쪽 볼에도 상처가 보였다. 잠시 후에 지수는 영인의 통화를 들으며 괜한 걱정이었다는 것을 알았다.

스마트폰을 충전기에 연결하고 영인은 선욱과 통화했다. 선욱은 영인을 데리러 오려 했지만 강소까지 내려온다고 해도 도로 통제 때문에 주유소까지 진입할 수 없었다. 2층에 잘 수 있는 방이 있다는 태오의 말에 영인이 지수를 쳐다보았다.

오늘 여기서 주무시나요?

영인의 물음에 지수가 고개를 끄덕였다.

여기서 자고 갈게. 방도 있고 다른 여자 손님도 있어.

영인은 선욱을 안심시키고 나서 예나는 자? 하고 딸의 안부를 물었다.

통화를 끊은 뒤에 영인은 지수와 태오를 따라 2층으로 올라갔다. 지수가 영인을 방으로 안내하고 젖은 옷을 갈아입을 수 있도록 분홍색 잠옷을 건넸다.

영인은 의식이 또렷했고 크게 다친 곳도 없었지만, 체온이 낮은 상태였다. 빨갛게 언 손가락 끝이 푸른빛을 띠었다. 지수와 태오는 동상 응급처치 방법을 검색했다. 주방 가스레인지에 물을 올려두고 대야와 커다란 냄비를 준비했다.

몇분 후에 영인의 두 손과 두 발은 뜨거운 물에 잠겼다. 감각이 없던 손가락과 발가락에 저릿한 느낌이 돌기 시작했다. 방안의 열기와 물의 온기에 몸이 데워져 입술의 혈색도 돌아왔다. 지수와 태오가 식은 물을 덜어내고 끓인 물을 보충하며 온도를 유지했다. 삼십분이 지난 뒤에는 물을 빼내고 마른 수건으로 영인의 손과 발의 물기를 닦아냈다. 전기장판에 누운 영인은 완벽한 아늑함과 편안함을 느꼈다. 처음 이곳에 들어왔을 때 기름 냄새와 뒤섞인 퀴퀴한 냄새를 맡으며 일었던 거부감은 사라진 지 오래였다. 고마워요. 중얼거리듯 말하며 영인은 순식간에 잠들었다. 지수가 수면양말을 신기고 상처에 반창고를 붙이는 동안에도 영인은 깨어나지 않았다.

지수와 태오는 조용히 세숫대야와 냄비를 치우고 방바닥의 물기를 닦았다. 뒷정리를 다 마치고 나자, 새벽 두시가 넘은 시각이었다.

아침 여섯시에 지수는 주유소를 나섰다. 지수가 방문

을 닫고 나올 때 영인은 곤히 자고 있었다. 밤새 내리던 눈은 날이 완전히 밝은 후에야 그쳤다. 지수가 카페 아르바이트와 출장 뷔페 일을 마치고 직원휴게실로 돌아왔을 때 전기장판 위에는 이불과 잠옷, 수면양말이 잘 개어져 있었다. 지난밤 눈에 젖은 영인의 옷을 걸어두었던 옷걸이는 비어 있었다. 건조대에 널어둔 목도리는 그대로였다.

지수는 목도리를 들고 사무실로 내려갔다.

혹시 그 사람이 연락처 남겼어?

지수가 물었다. 태오는 컵라면을 먹고 있었다.

너무 늦게 일어났다면서 정신없이 나갔어.

열시 넘어 일어난 영인은 태오가 불러준 택시를 타고 떠났다고 했다.

이걸 두고 가셨어.

지수가 손에 든 목도리를 만지작거리며 말했다. 옅은 갈색과 분홍색이 섞인 목도리는 촉감이 보드랍고 포근했다.

필요하면 찾으러 오겠지. 너도 컵라면 하나 먹을래?

너무 졸려.

지수는 고개를 저으며 하품했다.

영인에게 전기장판을 양보한 지수는 잠을 설쳤다. 그래서 다른 날보다 더 피곤했다. 하지만 누군가를 도왔다는 사실에 온종일 기분이 좋았다. 오랜만에 뿌듯한 기분이었다.

너도 그랬어?

지수는 태오도 비슷한 기분이었는지 물었다. 태오는 대답하지 않고 씩 웃기만 했다. 지수는 쇼핑백에 목도리를 담아 사무실 사물함에 넣어두었다.

영인에게서는 새해가 지나고 연락이 왔다. 주유소로 걸려온 전화를 태오가 받았다. 영인은 정말 고마웠다며 나중에 꼭 식사를 대접하겠다고 했다. 그리고 작은 목소리로 목걸이를 봤는지 물었다.

목걸이? 목도리가 아니고?

태오의 말을 전해 들은 지수는 고개를 갸웃했다. 지수는 그날 영인의 모습을 떠올렸다. 코트 안에 미색 스웨터를 입은 모습은 생생히 기억나는데 그 안에 목걸이를 했는지는 기억나지 않았다.

우릴 의심하는 건 아니겠지?

지수가 물었다. 설마, 하고 태오가 피식 웃었다.

지수와 태오는 크리스마스와 새해를 모두 주유소에서 보냈다. 그동안 직원휴게실을 두세번 쓸고 닦았지만, 목걸이는 보지 못했다.

지수는 사무실 책상 위 메모지를 보았다. 표영인이라는 이름과 함께 전화번호가 적혀 있었다.

비싼 목걸이일 거야.

어떻게 알아?

그냥 알지.

지수가 어깨를 으쓱했다. 지수는 영인이 메고 온 가방에 박힌 로고를 떠올렸다. 여자의 젖은 옷을 말리기 위해 옷걸이에 걸어둘 때 본 코트와 바지, 스웨터에 붙어 있던 상표들도 대충 기억했다.

지수는 2층으로 올라갔다. 방으로 들어선 지수는 전기장판을 치워 바닥을 살피고 이불을 펼쳐 뒤적였다. 서랍장과 옷장 아래도 들쑤셔보았다. 그날 잠든 여자의 얼굴에 반창고를 붙일 때 목걸이를 본 것 같기도 했다. 방구석 어딘가에 반짝이는 목걸이가 있을 것만 같았다.

도망치는 연인

지수는 하늘색 유니폼으로 갈아입고 앞치마를 허리에 둘렀다. 머리채는 그물망 안으로 밀어 넣었다. 만찬 준비가 한창인 연회장의 한쪽 벽에는 샴페인 병이 든 나무 박스가 쌓여 있었다. 컨벤션센터 2층 식장에서 한 사회기부 단체의 신년회가 열리고 있었다. 지수는 연회장으로 들어가 테이블 세팅을 시작했다. 지수가 지나간 테이블 위에는 포크와 나이프, 냅킨이 적당한 간격으로 반듯이 놓였다. 갖가지 요리는 긴 테이블 위에 준비되어 있었다.

큰 박수 소리와 함께 식이 끝나고 손님들이 연회장으로 밀려들었다. 한 손에 접시를 들고 무얼 먹을까 고민에 빠졌던 사람들은 음식을 담아 삼삼오오 테이블에 앉았다. 새해 덕담을 나누고 서로의 근황을 물으며 음식을 맛보았다. 아르바이트생들은 종종걸음으로 연회장을 누비며 샴페인을 따르고 남은 음식과 식기를 치웠다. 지수도 테이블 사이를 오가며 떨어진 나이프를 줍고 흰 면포 위에 쏟아진 스프를 닦아내고 쓰러진 샴페인 잔을 세웠다. 지수의 몸놀림은 리듬을 타듯 경쾌하고 민첩했다.

한 테이블에서 아이들의 장난에 의자가 넘어지며 포크가 바닥으로 떨어졌다. 함께 떨어진 매시트포테이토가 누군가의 발에 밟혀 카펫 위에 뭉개졌다. 지수는 쪼그려 앉아 손걸레로 진청색 카펫을 문질렀다. 짓이겨진 매시트포테이토를 닦아내며 지수는 바다와 절벽으로 둘러싸인 섬을 상상했다. 그리고 그 섬에 도착한 마리안의 대사를 떠올렸다. '에메랄드빛 해변과 금빛 햇살을 봐. 이젠 무엇도 우리를 막을 수 없어. 우린 영원히 함께일 거야.' 햇살이 맹렬히 쏟아지는 바다와 환하게 빛나는 마리안의 미소가 눈에 보일 듯했다. 마리안은 누구일까, 어디에서 어떻게 자랐을까. 지수는 마리안의 모든 것을 알고 싶었다. 마리안을 완벽하게 이해하고 싶었다. 지수는 캐스팅 발표를 손꼽아 기다렸다. 두달 후에 무대에 오를 생각을 하면 가슴이 두근거렸다.

두시간 반이 지나자 배를 채운 사람들이 모두 빠져나갔다. 아르바이트생들은 플라스틱 박스에 식기류와 음식물 쓰레기를 분리해 모으고 테이블보를 벗겨낸 후에 탈의실로 향했다. 일을 마치고 나면 다리가 후들거리고 머리끝에서 발끝까지 음식 냄새가 났다. 그래도 지수는 행사 일정을 수시로 확인해 모집 중인 행사에 매번 지원했다. 출장 뷔페 일은 다른 아르바이트에 비해 시급이 높고 하루에 여러 행사를 뛸 수도 있었다.

너 아직 학자금대출도 못 갚았잖아.

공연 끝나고 꼭 갚을게, 하며 지수가 돈 얘기를 꺼내자 지연 언니는 한숨을 길게 내쉬었다.

이제 적은 나이도 아닌데 주연이든 조연이든, 그걸 언제까지 할 거야. 그 나이 되도록 제대로 된 경력 하나 없이 어쩌려고 그래.

역시 언니한테 부탁을 하는 게 아니었다고, 지수는 후회했다. 매몰차게 거절하는 언니가 야속하면서도 언니의 입장을 생각하면 이해할 수 있었다. 언니도 형편이 넉넉하지 않았다. 그래서 차마 발걸음이 떨어지지 않았는데 태오에게 조금이라도 보탬이 되고 싶은 마음에 오랜만에 친언니의 집에 들른 것이었다. 언니와 크게 싸우고 집을 나와 희영의 집으로 들어가기까지, 고시원에서 몇개월을 지내는 동안 지수는 태오에게 돈을 받아 썼다. 태오는 신경쓰지 말라고 했지만 지수는 언젠가 꼭 갚을 생각이었다.

잔소리하던 언니가 밥은 먹었냐며 차려주겠다고 하는데도 지수는 그냥 나왔다. 근처 편의점에서 햄버거를 먹으며 지수는 태오에게 메시지를 보내 태오 아버지의 수술 경과를 물었다. 태오의 아버지는 우측 대장과 소장 일부를 합해 총 15센티미터나 잘라내는 수술을 받았다. 태오 아버지는 가게를 정리하며 개인보험을 해약했기 때문에 태오가 수술비를 마련해야 하는 상황이었다.

메시지를 보내고 얼마 지나지 않아 태오에게서 전화가 걸려왔다.

무슨 일 있어?

전화를 받자마자 지수가 물었다.

오늘 일 몇시쯤 끝나?

수화기 너머 태오가 되물었다. 직원휴게실에서 지수의
짐을 빼야 한다고 태오가 말했다.

평소에 박사장은 특별한 볼일이 있지 않으면 주유소에
오지 않았다. 전화로 근태를 관리하고 가끔 들러 장부만
확인했다. 도박에 빠진 후로는 주유소로 도박꾼들을 불러
들여 직원휴게실 옆 사장실에서 판을 벌였다. 한번 판을
깔면 쪽잠을 자면서 며칠을 이어갔다. 한동안 도박꾼들의
방문이 뜸했는데 오늘 갑자기 박사장이 사장실을 청소해
두라고 연락을 해왔다.

아버지 입원해 있는 동안이라도 우리 집에서 지내. 며
칠 더 병원에 계셔야 해.

태오가 사무실에 들어선 지수에게 말했다. 지수는 고개
를 끄덕였다.

지수는 바로 2층으로 올라가 짐을 정리했다. 짐을 다 싼

후에 다시 사무실로 내려와서 물었다.

사장님한테 퇴직금 얘기해봤어?

나만큼 성실하고 믿음직한 직원이 없다고 마음 같아서는 그냥 주고 싶대.

태오는 피식 웃었다.

안 된다는 거구나.

지수가 실망한 기색을 내비쳤다.

태오는 박사장에게 퇴직금을 미리 받을 수 있는지 물었다. 내 상황이 좋지가 않아요. 나야말로 돈을 빌려야 할 상황이야, 하며 박사장은 태오의 부탁을 거절했다.

그럼, 수술비 어떡할 거야?

지수가 물었다.

무슨 수가 생기겠지.

태오가 씁쓸하게 웃었다.

지수의 짐을 싣고 주유소를 출발한 태오의 낡은 지프차는 십여분을 달려 2층 주택 앞에 도착했다. 오래된 주택의 내부 계단을 없애 세대를 분리한 집이었다. 좁은 정원의

앙상한 나무와 바짝 마른 낙엽 위에 녹지 않은 눈이 쌓여 있었다. 이 집의 2층에서 태오는 아버지와 살았다.

사년 전인가?

대문을 들어서며 지수가 말했다.

여름이었어.

지수와 태오는 계단을 오르며 킥킥, 하고 웃었다.

더운 여름날 작은 방에서 창문을 활짝 열고 둘은 사랑을 나눴다. 발가벗고 있던 둘은 누군가 계단을 오르는 소리에 급히 옷을 입었다. 가게에 있던 태오 아버지가 갑자기 집에 온 것이었다. 아버지는 저녁을 먹고 가라고 했지만, 지수는 가려던 참이었다며 인사를 꾸벅하고 집을 나섰다. 대문을 나선 뒤에도 얼굴이 후끈거렸다.

그때는 건강하셨는데.

거실에 걸린 사진을 보며 지수가 말했다. 태오와 아버지, 그리고 돌아가신 어머니가 함께 찍은 사진이었다.

태오의 아버지는 한평생 트랙터나 경운기 같은 농기계를 수리했다. 어머니가 사고로 돌아가신 후로 태오는 아버지와 둘이 살았지만, 얼굴을 마주 볼 시간은 많지 않았다. 태오는 야간근무 시간에 맞춰 저녁에 출근했다가 아침에 들어와 해가 떠 있는 동안 잠을 잤다. 그리고 저녁에 일어나 아버지가 차려놓은 밥과 반찬을 먹고 출근했다.

아버지 기운 좀 차리셨어?

지수가 태오 아버지의 차도를 물었다.

나아지고 계셔. 오늘 목욕시켜드렸어.

짐을 거실 안으로 들여놓던 태오는 아버지의 몸을 씻길 때 손에 닿았던 촉감이 생각나 잠시 멈칫했다.

오늘 오전 아버지는 병원 복도를 몇걸음 걷고 난 뒤에 잠이 들었다. 잠들었던 아버지는 한두시간 후에 깨어났다. 태오는 아버지를 샤워장으로 데려가 환자복을 벗겼다. 아버지의 푹 꺼진 볼과 삐져나온 코털, 광대에서 옆 턱까지 퍼진 검버섯은 익숙했지만, 벌거벗은 몸은 낯설었다. 목욕을 함께했던 경험은 아주 어릴 때라 기억이 나지 않았다. 아버지의 속살은 햇볕에 그을린 얼굴이나 손과 달리 하얬다. 얇은 살갗은 탄력을 잃었지만, 놀랄 만큼 희고 보드라웠다. 태오는 잠시 서서 그 촉감을 떠올렸다. 수술을 끝낸 뒤 의사가 했던 말도 떠올렸다. 그동안 면도칼이 배 속을 찌르는 듯한 통증이 있었을 거라고 했다.

태오는 지수의 짐이 놓일 공간을 마련하려고 거실 바닥
에 놓인 좌식 테이블을 한쪽으로 밀었다. 손길이 닿지 않
던 구석에 먼지와 죽은 날벌레들이 있었다. 태오는 걸레
를 집어 들었다.

내가 치울게. 그냥 둬.

지수가 말렸지만 태오는 무릎을 꿇고 바닥을 닦았다.
먼지를 대충 쓸어낸 다음에는 냉장고 문을 열었다. 냉기
와 함께 시큼한 냄새가 퍼져 나왔다.

먹을 만한 건 없네. 죄다 버려야겠어.

태오가 냉장고 안의 반찬통 뚜껑들을 열어보며 중얼거
렸다.

아버지가 응급실에 실려 간 이후로 집은 내내 비어 있
던 셈이었다. 태오는 필요한 물건을 챙길 때만 집에 잠깐
들렀다.

오늘은 뭐 좀 먹었어?

지수가 발가락을 꼼지락거리며 물었다. 보일러가 돌고
있는데도 방바닥은 차가웠다. 발이 시렸다. 태오는 대꾸

없이 청소만 했다. 태오의 굽은 등과 머리카락이 뻗친 뒤통수를 보며 지수는 속이 상했다. 태오의 얼굴은 며칠 사이에 핼쑥해졌다. 볼이 푹 꺼지고 눈이 퀭했다. 아버지 병간호를 하며 잠을 못 자고 끼니를 거른 탓이었다. 태오야, 그만해. 잠깐이라도 좀 쉬어, 하고 지수는 소리 지르고 싶었다. 목까지 차오른 말을 삼키고 지수는 태오 뒤에 그냥 서 있었다. 몸을 한껏 움츠린 채 서 있다가 태오의 등 위로 펄쩍 뛰어올랐다. 두 팔과 다리로 태오의 몸을 끌어안았다. 뭐야, 하면서 태오는 비틀거렸다. 지수는 태오의 목덜미에 얼굴을 파묻었다.

추워?

태오가 두 손을 뒤춤에 올려 지수를 업었다. 목덜미에 닿은 지수의 코와 볼, 입술이 차가웠다.

태오는 지수를 업고 집 안을 돌아다니며 보일러 작동법과 몇가지 주의사항을 알려주었다. 변기 물을 내릴 때는 세면대 물을 쓰지 말 것, 하수구 덮개는 꼭 씌울 것, 음식물쓰레기는 냉동실에 넣을 것.

열쇠가 잘 안 돌아갈 때는 앞으로 살짝 당기면서 돌리

면 돼.

태오가 지수에게 열쇠를 건네고 신발을 신었다. 주간근무인 상현에게 주유소를 잠시 맡기고 나온 터라 서둘러 집을 나서야 했다.

같이 가.

지수가 대본을 직원휴게실 서랍에 두고 왔다며 따라나섰다. 태오와 함께 갔다가 막차를 타고 돌아오겠다고 했다.

주유소 사무실에 도착하자마자 지수는 비닐봉지에서 즉석식품 몇개를 꺼냈다. 태오 집에서 오는 길에 들른 편의점에서 산 것이었다.

이거 먹고 딱 두시간만 자는 거야.

지수는 뜨거운 물을 붓고 전자레인지로 데워 간단히 조리한 음식을 쟁반에 담아 태오 앞에 가져다 놓았다.

전기장판 켜두었어, 하고 지수는 파란 점퍼를 입고 차를 받으러 나갔다.

태오 앞에는 컵에 담긴 비빔면과 따끈하게 데운 스팸계란김밥이 놓여 있었다. 작은 유부조각이 든 미소된장국도 있었다. 태오는 젓가락을 들었다. 면발이 입안에 닿자 허기가 몰려왔다. 된장국까지 다 마신 후 태오는 사무실 밖으로 나왔다. 주유하던 지수가 손을 흔들었다. 2층으로 올라가라는 손짓이었다. 알겠다는 뜻으로 태오도 손을 흔들었다.

태오는 계단을 올랐다. 아버지의 가게 채무가 끝나는 봄이면 주유소를 떠날 수 있을 거라고, 극단으로 돌아갈 수 있을 거라고 기대했지만 상황은 달라졌다. 겨울밤의 찬 공기를 들이마시며 어떻게든 돈을 구해야 한다고 태오는 생각했다.

두개의 리듬

두시간 후로 맞춰두었던 스마트폰 알람 소리에 태오는 잠이 깼다. 직원휴게실 창밖으로 주유 중인 지수가 보였다. 태오는 사무실로 내려가 커피를 마시다가 철제 사물함 앞에서 장식용 전구를 발견했다. 태오가 사물함 안에 정리해두었던 전구들이 사무실 바닥에 아무렇게나 놓여 있었다.

잠시 후에 사무실 문이 열리고 지수가 들어왔다.

푹 잤어? 바람이 많이 차.

넥워머를 내리고 장갑을 벗으며 지수가 말했다.

이건 왜 꺼내놓았어?

태오가 물었다.

내가 뭘 찾았는지 알아?

지수가 활짝 웃으며 어깨를 으쓱했다.

사물함 문이 제대로 닫히지도 않고 자꾸 끼익 소리가 나는 거야. 그래서 반대쪽 문을 열었더니 이 전구들이 바닥으로 떨어졌어. 그런데 뭐가 반짝이는 거야.

지수는 태오의 손을 잡아 끌더니 손바닥 위에 목걸이를 올려놓았다.

그 사람 목걸이가 전구에 걸려서 여기까지 딸려 온 거야. 그걸 내가 찾은 거고.

지수가 싱긋 웃으며 목걸이를 높이 들어 올렸다. 지수와 태오는 빛을 받아 은은하게 반짝이는 목걸이를 쳐다보았다. 가느다란 줄에 매달린 펜던트가 공중에서 빙그르르 돌았다.

지금 연락할까?

벌써 열시가 넘었는데?

지수가 차를 타러 출발해야 할 시간이었다. 영인에게는 태오가 다음 날 연락하기로 했다.

이러다 막차 놓치겠어.

지수는 가방을 집어 들었다. 태오도 나갈 준비를 했다. 사무실 밖으로 나오자마자 차가운 바람이 옷깃을 파고들었다.

집에 도착하면 전기장판 먼저 켜두고 웃풍이 심하면 안방에 있는 이불도 꺼내 덮어. 문단속 잘하고.

주유소 입구까지 걸어가는 동안 이어지는 태오의 당부에 지수는 알겠어, 알겠어, 하며 고개를 끄덕였다. 차가 들어와서 태오는 주유소 안으로 다시 뛰어들어갔다. 지수는 버스 정류장으로 향했다.

다음 날 아침에도 태오는 영인에게 연락하지 못했다. 영인의 연락처를 적어두었던 메모지를 찾을 수 없었다. 이주 전의 일이라 책상 위 장부 사이에 끼워두었는지, 다른 곳에 두었는지 잘 기억이 나지 않았다. 상현에게 물어도 전화번호가 적힌 메모지는 본 적이 없다고 했다. 태오는 다시 연락하겠다던 영인의 말을 떠올리며 지수가 목도리를 담아놓은 쇼핑백에 목걸이를 넣어두었다.

모처럼 쉬는 날 지수와 태오는 시내 카페 앞에서 만났다. 태오가 지수를 불러냈다.

어디 가는 거야?

지수가 궁금해했지만, 태오는 말없이 웃으며 지수의 손을 끌었다.

둘은 카페 맞은편 부동산에 들어갔다가 공인중개사와 함께 나왔다. 지수와 태오는 공인중개사를 따라 횡단보도를 건너 세탁소 옆 건물로 들어갔다.

사거리 근처로 알아본다고 했죠.

중개사가 앞장서 계단을 올랐다.

중개사의 말에 지수는 태오를 쳐다보았다. 5층짜리 다세대 건물은 극단 연습실과 지수가 일하는 카페의 중간 위치에 있었다.

마침 며칠 전에 방이 나왔어요. 둘이 지낼 거예요?

3층에 올라선 중개사는 비밀번호를 눌러 문을 열었다.

아니에요, 하고 고개를 저으며 태오는 성큼 현관으로 들어갔다.

네평 남짓한 원룸의 현관 바로 옆에는 싱크대와 일체형

냉장고가 있었다. 왼편에 붙박이 옷장이 있고 그 옆으로는 큼직한 창문이 보였다. 지수는 주방 쪽에 서서 원룸 안을 대충 훑었다. 집 안 구석구석을 살피는 쪽은 태오였다. 창문을 열어보고 욕실에 들어가 샤워기를 틀고 변기 물을 내리며 수압을 확인했다. 세탁기와 냉장고 문도 열어보았다.

이거 작동돼요?

벽걸이 냉난방기를 가리키며 태오가 물었다.

그럼요.

태오는 냉난방 조절기 옆의 형광등도 켜보았다. 등이 켜지며 방 안이 환해졌다.

지수야, 거기도 켜봐.

태오가 싱크대에 비스듬히 기대선 지수를 불렀다. 지수는 느릿느릿 걸음을 옮겨 스위치를 눌렀다. 주방등은 켜지지 않았다. 중개사가 스위치를 껐다 켰다 해도 그대로였다.

이거 왜 안 되지.

중개사는 몇번을 시도해보다가 스마트폰 벨이 울려 전화를 받았다. 네, 사장님. 왜 이렇게 오랜만에 연락 주셨어요, 하며 원룸 밖으로 나갔다.

여기 어때?

태오가 몇걸음 걸어 주방 쪽으로 왔다.

여길 왜 온 거야?

지수가 눈을 깜빡이며 물었다.

이 정도면 너 지내기에 괜찮지 않아? 보증금 사백 넣어 놓으면 고시원보다 싸게 지낼 수 있어.

이주일 후면 돈이 생길 거라고 태오가 말했다.

사장님이 퇴직금 주신대?

그건 아니고.

그럼, 돈이 어디서 나는데? 은행 대출은 다 안 된다며.

잠시 침묵이 흘렀다.

뭘 어쩌려는 거야? 이주일 후에 무슨 일이 일어나는데?

지수가 재차 물었다. 태오는 천천히 한발 뒤로 물러나 주방 형광등 스위치를 껐다 켰다 했다.

정기사님이라고 있거든.

태오는 잠시 말을 끊었다가 이어 말했다.

유조차 모는 형인데 그 형이 도와준다고 했어.

뭘 어떻게 도와준다는 건데?

그런 게 있어.

혹시 가짜 기름 뭐 그런 거야?

지수의 말에 태오가 시선을 피했다가 고개를 끄덕였다.

그 형이 당번일 때 등유를 섞어서 가져오기로 했어.

태오는 싱크대 물을 틀었다가 잠갔다. 수전에서 물방울이 떨어졌다.

병원에서 중간수납 영수증을 받고 나서 지난 며칠 동안 태오는 저축은행과 사금융 대출을 알아보았다. 금리와 필요한 서류를 파악하고 나자, 앞으로 해야 할 일과 하지 말아야 할 일들이 명확해졌다. 막막하던 차에 정기사가 연락을 해온 것이었다.

태오를 물끄러미 보던 지수는 창밖으로 시선을 돌렸다. 해가 지고 있었다. 나무와 놀이터 위로 땅거미가 내려앉았다.

내 걱정은 마. 내가 알아서 할 수 있어.

창밖에 시선을 둔 채 지수는 말했다.

갈 곳이 있다며 아침에 전화해왔을 때 태오의 목소리는

들떠 있었다. 집을 보러 오는 줄 알았다면 지수는 여기까지 따라오지 않았을 것이다. 태오가 등유를 섞어 빼돌린 돈으로 집을 계약할 생각은 없었다.

거기는 나갔죠. 아, 그쪽은 가능하고요.

중개사의 목소리가 밖에서 들려왔다.

수술비 마련하려면 어차피 돈 구해야 해. 그 형은 이런 식으로 몇번 했었대. 등유 비율을 크게 잡지 않으면 돈이 적은 대신 덜 위험하대.

태오는 별것 아니란 투로 말했다. 그리고 방 한가운데로 걸어가 패딩 주머니에 손을 넣고 날개를 펼치듯 팔을 양옆으로 벌렸다. 그때 갑자기 주방등이 깜빡였다. 태오는 몸을 한쪽으로 기울인 채 제자리에서 천천히 한바퀴를 돌았다. 태오의 얼굴이 밝아졌다가 어두워졌다. 깜빡이는 불빛 아래 태오는 기분이 좋아 보였다. 리듬을 타며 춤을 추는 것처럼 보였다.

지수는 너 괜찮은 거야? 하고 물으려고 했다. 그전에 태오가 먼저 말했다.

너도 계속 이렇게 지낼 순 없잖아.

태오가 말을 마치자마자 깜빡이던 형광등이 탁, 소리를 내며 꺼졌다. 통화를 끝낸 중개사가 원룸 안으로 들어와 스위치를 끈 것이었다.

이건 등만 갈면 될 거예요.

중개사가 지수와 태오를 번갈아 쳐다보았다.

혼자 지내기에 딱이죠. 전에 살던 학생이 갑자기 나가서 주인이 싸게 내놓은 거예요. 바로 이사 가능하고요. 이런 방 이 가격에 없어요. 위치도 평수도 딱 좋잖아요.

중개사는 속사포처럼 말을 이어갔다.

지수는 장판 위에 마주 선 자신의 발과 태오의 발, 그리고 중개사의 발을 보고 있었다. 셋 모두 운동화를 신고 있었다.

잠시 정적이 흐른 후에 방 더 볼 거예요? 하고 중개사가 쏘아붙이듯 물었다.

잘 봤습니다.

지수는 중개사에게 꾸벅 인사를 하고 태오에게 나가자는 눈짓을 보냈다.

부서진 창문

지수는 치과 대기실 소파에 앉아 초조한 마음으로 차례를 기다렸다. 늦가을부터 욱신거리던 치통이 며칠 전부터는 진통제를 먹어도 사그라지지 않았다. 귀 안쪽에서 머리까지 찌릿한 통증이 타고 오르면 아무 생각도 할 수 없었다. 가느다란 신경에 달린 폭죽이 머릿속에서 타닥타닥 터지는 것 같았다.

민지수님.

간호사가 지수의 이름을 불렀다. 지수는 치료실로 들어가 진료용 의자에 누웠다.

충치에 염증까지 심해요. 그냥 두면 발치하고 임플란트

하는 수밖에 없어요.

의사는 환한 불빛 아래 지수의 어금니를 들여다보고는 왜 이제야 병원에 왔느냐며 당장 치료해야 한다고 했다.

의사가 차트에 무언가를 적은 후에 치위생사가 치료를 시작했다. 왼쪽 어금니의 썩은 부위를 제거하고 본을 뜨는 동안 지수는 입을 벌린 채 누워 있었다. 한 시간이 지난 후에 지수는 치료실에서 나왔다. 다음 진료일을 잡고 치과를 나서자마자 버스 정류장으로 뛰었다. 행사 시간에 늦지 않게 도착하려면 서둘러야 했다. 막 출발하려는 버스에 간신히 올라탄 지수는 치과 치료비와 통장 잔고, 아르바이트비 입금일을 따져보았다. 며칠 후면 태오 집에서 나와야 했다. 곧 태오 아버지의 퇴원일이었다.

지수는 터미널 근처 호텔 앞에 내렸다. 호텔에서는 큰 행사가 열리고 있었다. 유니폼으로 갈아입은 지수는 2층 홀로 향했다. 꽃장식 업체에서 나온 직원들이 세팅을 마무리하고 있었다. 지수는 작은 홀에서 서빙을 맡았다. 사람들이 끊임없이 들어와 식기 부딪히는 소리와 말소리가 메아리치듯 홀 안에 울려 퍼졌다. 그곳에서 영인을 만났다. 장난치는 아이들을 피해 접시 대여섯개를 옮길 때였다. 누군가 지수를 가로막아 서서 하마터면 접시를 떨어뜨릴 뻔했다.

어머, 맞죠? 맞네요. 여기서 이렇게 만나네요.

영인이 환하게 웃고 있었다.

영인은 재빨리 지수의 연락처를 묻고는 어서 가봐요. 연락할게요, 하며 자리로 돌아갔다. 접시를 식기세척실에 가져다놓고 지수가 홀로 나왔을 때 영인이 앉았던 테이블은 비어 있었다.

지수와 우연히 마주친 바로 다음 날 영인은 지수에게 연락했다. 지수와 태오에게 제대로 감사 인사를 해야지 하면서도 시간을 내지 못하던 차에 지수를 만난 것이었다. 이제라도 영인은 두 사람에게 식사를 대접하고 싶었다. 지수에게 편한 날을 물었는데 날짜를 조정해도 태오는 시간을 낼 수 없다고 했다. 영인은 지수에게 자신의 딸과 셋이서 점심을 먹자고 했다.

토요일 점심, 영인은 딸 예나와 한정식 식당에 앉아 지수를 기다렸다. 예나는 새로 산 동화책을 보고 있었다. 좌식 테이블이 놓인 정갈하고 아담한 방의 통유리 너머로 햇살이 드리워진 겨울 정원이 보였다. 영인이 공장에 방문하는 거래처 사람들과 종종 회식을 하던 식당이었다.

잠시 후에 미닫이문이 열리고 지수가 들어왔다.

엄마가 얘기했지? 눈이 많이 와서 엄마가 집에 못 온 날, 그날 엄마를 돌봐준 언니야.

영인의 소개에 지수는 만나서 반가워, 하며 여섯살 여자아이 예나와 인사를 나누었다. 낯을 가리는 예나는 인사를 꾸벅하고는 호기심 어린 눈으로 지수를 쳐다보기만 했다.

영인은 지수의 코트를 받아 옷걸이에 걸었다. 코트에서 옅은 기름 냄새가 났다. 그 냄새에 눈이 휘몰아치던 밤이 생생하게 떠올랐다. 차 고장에 폭설까지 겹친 최악의 날이었지만 두 사람을 만나 운이 좋았다고 영인은 생각했다.

손은 어떠세요?

자리에 앉으며 지수가 영인의 안부를 물었다.

덕분에 금방 좋아졌어요. 병원에서도 처치를 잘했다고 하더라고요.

영인은 그날 마셨던 커피 맛을 잊을 수가 없다고, 똑같은 브랜드의 커피믹스를 사서 먹어도 그 맛이 나지 않는다며 소리 내어 웃었다.

엄마, 산에서 데굴데굴 굴렀어?

조용히 듣고만 있던 예나가 영인이 도로 경사면에서 굴렀다는 얘기에 킥킥 웃으며 끼어들었다.

응, 그랬지. 엄마가 미끄러져서 산에서 굴렀지.

엄마, 눈에서는 넘어져도 안 아프지. 눈은 폭신폭신하잖아.

눈에서 구르는 상상이 재미있는지 예나가 재잘재잘 말하기 시작했다.

미닫이문이 열리고 테이블 위에 음식이 놓였다. 옥빛과 황토색의 크고 작은 접시에 음식들이 맛깔스럽게 담겨 있었다. 전복과 성게를 넣은 미역국과 은행을 넣어 지은 영양밥이 모락모락 김을 뿜었다. 통밤이 든 떡갈비와 가시를 발라놓은 옥돔구이도 놓였다.

코코는 눈에서 구르다가 눈사람이 되었대요.

말문이 트인 예나는 하고 싶은 얘기가 많았다. 여기에 코코가 나오는데 어니너라, 하며 옆에 놓여 있던 동화책을 펼쳤다.

예나야, 책은 밥 먹고 봐야지.

영인은 옥돔구이를 작게 잘라 예나의 숟가락에 얹어주었다. 지수에게는 식사 후에 어디로 가는지 물었다.

호텔로 가요? 데려다줄게요.

지수가 지난번에 마주쳤던 호텔에서 일한다고 생각했던 영인은 연습실로 간다는 지수의 말에 호기심이 생겨 몇가지를 더 물었다. 영인은 지수가 연극배우라는 사실을 알게 되었다.

예나야, 우리 나중에 언니가 하는 공연 보러 갈까?

예나는 네, 하고 고개를 끄덕였다.

식사가 끝나갈 때쯤 거래처 전화를 받느라 영인은 잠시 자리를 비웠다. 영인이 다시 돌아왔을 때 예나는 지수 옆에 앉아 있었다. 지수가 예나에게 구연동화를 하듯 동화책을 읽어주었다.

후식으로 나온 차를 마시고 셋은 영인의 차에 올라탔
다. 뒷좌석에서 지수는 동화책을 조금 더 읽어주었는데
예나는 몇분 만에 잠이 들었다.

멀미를 하는지 차만 타면 자요. 오늘 예나가 지수씨를
귀찮게 한 게 아닌지 몰라요.

신호등 앞에서 영인은 자신의 회사에서 만든 제품이라
며 지수에게 쇼핑백을 건넸다.

감사 표시를 어떻게 할까, 고민하다가 두 사람이 직접
필요한 걸 고르는 게 좋겠다 싶었어요.

연습실 앞에 차를 세우고 나서는 지수의 손에 종이봉투
두개를 쥐여주었다.

종이봉투 안에는 백화점 상품권이, 쇼핑백 안에는 물고
기 그림이 그려진 종이상자 여러개가 들어 있었다. 지수
는 파스텔톤의 상자를 열고 작은 크기의 바디바와 샴푸
바, 로션을 꺼내 태오 집 거실 바닥에 펼쳐놓았다. 전부 천
연성분을 원료로 한 제품이었다. 성분표시 아래에는 플라

스틱을 최소화하고 생분해 가능한 포장재를 사용했다고 적혀 있었다. 지수는 제품들 옆에 백화점 상품권도 꺼내 놓고 사진을 찍어 태오에게 보냈다. 로션 하나를 뜯어 손등에 문지르다가 덜컹거리는 소리에 집 안을 둘러보았다. 바람이 세차게 불어 주방 쪽 창이 흔들리고 있었다. 부서질 듯 흔들리는 창을 보다가 스마트폰 알림음이 울려 메시지를 확인했다.

──뭐가 이렇게 많아?

태오가 깜짝 놀란 이모티콘과 함께 메시지를 보내왔다.

──너도 같이 갔으면 좋았을걸. 점심 엄청 잘 먹고 왔어!!

지수가 답하자마자 상품권 두장을 확인한 태오의 메시지가 도착했다.

──이십만원짜리야? 이걸 받아도 되는 거야? ㅎㅎㅎ

──니가 목걸이 찾아줬으니까

──이 정도는 받아도 되는 건가 ㅋㅋㅋ

지수는 태오가 이어서 보낸 메시지를 들여다보며 무슨 말을 쓸까 한참 고민하다가 창을 내렸다. 이모티콘만 보낼까 하다가 그것도 그만두고 잘 준비를 했다. 스마트폰을 밀어두고 이부자리에 누웠다.

— 집 춥지 않아?

— 자?

태오의 메시지가 연달아 왔다.

잠을 청하던 지수는 얼마 지나지 않아 이불을 젖히고 일어나 앉았다. 몇분이 흐른 뒤에는 옷걸이에 걸어둔 가방을 꺼내 들었다. 오늘 영인을 만날 때 들고 나갔던 가방이었다. 지수는 가방 안에서 체크무늬 파우치를 꺼냈다.

오늘 지수가 식당에서 보낸 시간은 특별했다. 예나는 사랑스럽고 영인은 친절했다. 눈을 뒤집어쓴 채 주유소를 찾았던 날과 달리 영인은 세련되고 여유로운 모습이었다. 얼굴의 상처도 거의 다 아물어 흐릿했고 볼륨 있게 살아난 머리 모양은 얼굴형과 잘 어울려 보기 좋았다.

음식이 나오기 전에 지수는 영인의 목도리가 든 쇼핑백을 건넸다. 영인은 생각지도 못했다며 고마워했다. 잠시 후에 영인은 뜻밖의 질문을 했다.

두 사람 어떤 사이인지 물어봐도 돼요?

영인은 지수와 태오가 주유소 직원과 손님으로 아는 사이인지, 친구나 연인 사이인지 조심스럽게 물었다.

사귄 지 몇년 되었어요.

영문도 모른 채 지수는 대답했다.

그럼, 얘기를 해도 되겠어요.

영인이 천천히 고개를 끄덕였다.

그날 목걸이를 잃어버렸어요. 그래서 태오씨한테 목걸이를 봤는지 물어보는 전화를 했었는데 내가 생각이 짧았어요, 하며 영인은 이어서 말했다.

경사면에서 굴렀을 때 잃어버린 것 같아요. 아마도 눈속에 파묻혀 있을 텐데, 주유소로 전화해서 물어볼 필요 없었는데… 신경 쓰지 말라고요.

미안하다며 태오에게 꼭 사과를 전해달라고 영인은 부탁했다.

지수는 그런 사과를 할 필요가 없다고, 뒤늦게 목걸이를 찾았는데 연락처를 적어둔 메모지를 잃어버려 연락할 수가 없었다고 말하려고 했다. 그때까지도 지수는 체크무늬 파우치를 손에 쥐고 있었다. 주유소에서 목도리가 담긴 쇼핑백을 챙겨오면서 목걸이는 파우치에 따로 넣어두었다. 그 파우치에서 목걸이를 꺼내 영인에게 줄 생각이었다. 하지만 영인의 목에 두른 스카프 사이로 반짝이는 것을 발견한 순간 그 생각은 사라졌다. 얇은 스카프 사이로 목걸이가 보였다. 처음에는 잘못 본 줄 알았다. 헛것이 보이는 걸까, 생각했는데 아니었다. 분명히 영인은 지수가 전구 사이에서 찾아낸 것과 똑같은 목걸이를 하고 있었다.

어서 들어요.

영인은 미역국을 떠주고 나서 지수가 수저를 집어 들기를 기다렸다. 지수는 미역국을 한입 떠 먹었다.

어때요? 입맛에 맞아요? 하고 영인이 물어왔다.

네, 맛있어요, 하며 지수는 웃어 보였다.

창이 덜컹이는 소리에 지수는 주방 쪽으로 고개를 돌렸다. 누군가 밖에서 창문을 두드리는 것처럼 창이 심하게 흔들리고 있었다. 지수는 체크무늬 파우치 안을 들여다보았다. 목걸이는 파우치 안에 그대로 있었다. 지수는 가방 깊숙이 파우치를 넣어두고 주방 창틀에 종이 조각을 접어 끼워두었다. 더이상 덜컹거리는 소리가 나지 않았다. 집은 고요했다. 지수는 이불 속으로 들어가 몸을 웅크린 채 잠을 청했다.

마리안과 예나

지수는 태오 집에서 고시원으로 짐을 옮겼다. 영인이
준 백화점 상품권을 중고마켓에 팔아 연습실에서 도보로
십분 거리에 있는 고시원을 구했다. 이사 첫날 지수는 물
티슈로 방 구석구석을 문지르고 창틀 아래 곰팡이를 닦아
냈다. 책과 옷가지를 책상 위 수납장과 좁은 옷장에 넣고
침대 위에 미니전기요와 담요를 펼쳐놓았다. 식사는 쌀과
계란이 제공되는 공동 주방에서 해결했다. 아침마다 양배
추를 볶다가 계란을 풀어 계란볶음밥을 만들었다. 한번에
넉넉한 양을 만들어 반은 통에 담아 카페로 출근할 때 가
져갔다.

음력설에도 지수는 도시락을 쌌다. 카페 일을 마치고는 연습실에서 혼자 도시락을 먹으며 대본을 읽었다. 지수는 고시원보다 연습실이 편했다. 고시원 욕실에서 샤워를 마치고 방으로 돌아와 드라이어를 켜면 침대 쪽 벽이 쿵쿵 울려왔다. 드라이어를 사용하는 시간대를 바꿔보아도 마찬가지였다. 귀가 밝은 사람인지 며칠 전부터는 작은 소리만 내도 조용히 해달라며 벽을 두드렸다.

연휴가 지나고 캐스팅 발표가 났다. 발표와 함께 동료들 사이에 희비가 엇갈렸다.

어떻게 됐어?

연습실에서 나오는 시간에 맞춰 태오가 전화를 걸어왔다. 지수가 마리안 역할을 맡게 되었다는 소식을 알리자 수화기 너머 태오가 소리 질렀다.

축하해, 마리안!

태오의 환호에 지수는 온몸이 저릿했다.

연출가는 캐스팅 발표와 함께 공연 일정도 공지했다. 대관료 지원 문제 때문에 공연일은 삼주 뒤로 조정되었다.

연습도 보름 뒤로 밀렸다. 극단 동기들에게 내색하지 않았지만 지수에겐 잘된 일이었다. 연습을 시작하기 전까지 최대한 돈을 모아야 했다. 희영으로부터 결혼 준비를 해야하니 최대한 빨리 돈을 갚아달라는 연락이 왔다. 지수는 돈이 생기는 대로, 조금씩이라도 보내겠다고 약속했다.

아버지는?

지수는 퇴원한 태오 아버지가 집에서 잘 지내시는지 물었다.

걱정했던 것보다 빨리 회복하고 계셔.

다행이야.

신호등 앞에 서서 하늘을 올려다보며 지수가 말했다. 눈이 내리고 있었다.

또 눈이야?

올해는 눈이 진짜 많이 와.

영인의 옆 테이블에 앉은 사람들이 창밖을 보며 말했다. 하나둘 불이 켜지는 빌딩 숲 위로 희뿌연 눈송이가 내려앉았다.

여기 전망이 정말 좋죠?

영인과 마주 앉은 서도호텔 직원이 물었다.

미팅을 위해 방문한 고층 카페는 야경이 아름답기로 유명한 곳이었다. 영인이 앉은 자리에서는 멀리 남산타워의 불빛이 보였다.

지난번에 대표님이 챙겨주신 제품이요. 주변에 써보라고 줬는데 역시 반응이 좋아요.

계약서를 서류 파일에서 꺼내며 호텔 직원이 말했다.

서울에 본점을 둔 서도호텔은 서울 근교에 친환경 콘셉트 호텔의 오픈을 앞두고 있었다. 그 호텔의 어메니티 공급을 영인의 회사가 맡은 것이었다. 최근 호텔 측이 로비와 온라인몰에서도 영인의 회사 제품을 판매하기로 결정하면서 추가계약서를 작성해야 했다. 영인은 계약서를 꼼꼼히 확인하고 사인을 마쳤다.

오픈 보름 전까지는 도착해야 해요.

직원이 납품일을 강조하며 자리에서 일어났다.

그럼요. 문제없어요.

영인이 대답했다.

호텔 직원이 카페를 빠져나간 후 혼자 남은 영인은 의자에 털썩 주저앉았다. 기한을 맞출 수 있다고 호언장담했지만, 영인은 애가 탔다. 어제 오전까지만 해도 정비를 마친 B동은 일일 목표량을 생산해내는 데 문제가 없었다. 그런데 오늘 공장을 관리하는 강실장이 B동 전체 라인이 멈추었다는 연락을 해왔다.

영인은 미지근한 커피를 몇모금 마시고 나서 강실장에게 연락해 상황을 물었다. 강실장은 배수로를 따로 빼내지 않으면 공장 하수가 역류할 것이라고 알려왔다. 배수로 공사를 하려면 공장 부근 땅을 매입하고 준공 허가도 새로 받아야 했다. 영인은 가능한 한 빨리 부지 매입을 진행해달라고 전했다.

그게 간단치가 않아요…

그사이 강실장은 이미 공인중개사와 통화했다고 했다.

주인이 땅을 팔지 않겠대요. 표대표님이나 황대표님이 땅 주인을 만나보는 게 좋겠어요. 강소로 오셔야겠어요.

뜸을 들이던 강실장이 말했다.

강실장과 전화를 끊고 나서 영인은 스마트폰 달력 앱을 열었다. 공동대표인 남편 선욱은 내일 아침 베트남으로 출국할 예정이었다. 현지 리조트 관계자와 미팅이 잡혀 있었다. 영인이 강소로 가야 했다. 이번 주말 예나와 예나의 유치원 친구와 함께 놀이공원에 가기로 한 약속은 취소할 수밖에 없었다. 창밖의 눈 내리는 야경 위로 울며 떼쓰는 예나의 얼굴이 스쳤지만 얼마 남지 않은 납품일을 생각하면 다른 방법이 없었다.

영인은 강소에서 예나와 머물 숙소를 구했다. 영인이 공장 일을 보는 동안 예나 곁에 있어줄 놀이시터도 알아보았다. 후기를 꼼꼼히 읽고 전화 면접도 보았다.

다음 날 선욱은 아침 일찍 공항으로 떠나고 영인은 예나와 함께 강소로 출발했다. 펜션에 짐을 풀고 놀이시터가 도착한 후에 영인은 곧장 공장으로 향했다. 강실장과 공장을 둘러보고 펜션으로 돌아와보니 예나는 유튜브로 애니메이션을 보고 있었다. 놀이시터는 무선 이어폰을 착용한 채 모바일 게임에 빠져 있었다.

고시원 침대에 걸터앉아 스마트폰으로 아르바이트 앱을 들여다보던 지수는 깜짝 놀랐다. 컵밥을 먹으며 시급이 높은 아르바이트를 찾고 있었는데 화면이 갑자기 전화 모드로 바뀌면서 지난번 식사 초대를 받았을 때 저장해둔 영인의 이름이 떴다. 지수는 전화를 받지 않았다. 전화가 끊기고 나서 메시지 도착 알림이 연달아 뜬 후에야 내용을 확인했다.

─지수씨, 내일도 연습 있어요? 알바하지 않을래요?

─지수씨 시간이 안 되면 우리 예나 돌봐줄 믿을 만한 친구 소개해줄 수 있을까요?

─이런 연락해서 미안해요. 예나랑 강소에 왔는데 상황이 급해서 그래요. ^^;;

─참, 페이는 한시간에 이만원이에요.

목걸이 때문에 전화를 한 걸까, 걱정했던 지수는 가슴을 쓸어내렸다. 메시지를 한번 더 읽고 나서 좁은 방 안을 서성이다가 동화책을 읽어달라며 방긋 웃던 예나의 얼굴을 떠올렸다. 지수는 다시 침대에 앉아 유튜브와 블로그에서 여섯살 여자아이가 좋아할 만한 놀이를 검색해보았

다. 컵밥 그릇을 싹싹 긁어 마지막 숟가락을 입에 넣고 메
시지 창을 열었다.

　——내일 연습 없어요. 어디로 가면 돼요?

　지수는 활짝 웃는 이모티콘과 함께 영인에게 메시지를
보냈다.

슬픈 영화

지수가 영인의 연락을 받고 찾아간 곳은 방 세개에 거
실 하나, 욕실이 두개 있는 전원주택형 펜션이었다. 거실
창으로 앞마당의 작은 연못이 보였다. 작은 연못은 꽁꽁
얼어 있었다. 펜션에 도착한 지수는 영인이 요구했던 주
민등록등본을 건넸다. 등본에는 지수의 친언니 이름 아래
지수의 이름이 있었다.

　언니랑 같이 지내요?

　영인의 물음에 지수는 고개를 끄덕였다.

　영인은 강소에서 믿을 만한 놀이시터를 구하지 못하던
터에 예나에게 동화책을 읽어주던 지수가 떠올랐다며 지

수의 두 손을 꼭 잡았다.

첫날 지수는 예나와 그림을 그리고 노래를 부르고 소꿉놀이를 했다. 다음 날 영인이 지수에게 시간을 더 빼줄 수 있는지 물었다. 예상과 달리 일이 금방 해결될 것 같지 않다고 했다. 펜션에서 예나와 며칠을 보내며 지수는 문득문득 이렇게 지내도 되는 걸까, 자문했다. 하지만 예나와 있다보면 그런 생각을 곱씹을 겨를이 없었다. 하고 싶은 것도 궁금한 것도 많은 아이와 보내는 시간은 정신없이 지나갔다. 지수는 주말을 제외하고 일주일 내내 아침부터 저녁까지 펜션에서 예나와 지냈다. 영인은 지수가 펜션에 도착한 시간과 현관을 나서는 시간을 적어두었다가 그날그날 일당을 송금했다. 지수는 영인이 보내준 돈을 고스란히 희영에게 보냈다.

태오가 정기사에게 기름을 받기로 한 수요일도 지수는 예나와 펜션에 있었다. 그날 지수는 예나와 공구놀이 장난감을 조립하며 중간중간 태오의 메시지가 왔는지 확인했다. 아침에 태오와 통화했을 때는 한시간이면 일이 끝

날 거라며 바로 연락을 주겠다고 했는데 열한시가 훌쩍
넘어도 연락이 없었다.

언니, 이거 어디에 끼우는 거야?

예나가 스마트폰을 만지작거리는 지수의 팔을 잡아당
겼다.

지수는 스마트폰을 내려놓고 설명서를 집어 들었다. 둘
은 거실 바닥에 앉아 머리를 맞댄 채 플라스틱 볼트에 너
트를 끼우고 프레임에 바퀴를 조립하여 자동차를 완성했
다. 예나는 방에서 거실로, 거실에서 방으로 자동차를 굴
렸다. 인형을 태우고 산으로 바다로 캠핑을 떠났다. 아빠
를 마중하러 공항에 간 예나는 손목에 찬 키즈워치로 영
인의 전화를 받았다. 예나는 한글 쓰기 숙제를 다하고 자
동차를 완성했다며 자랑했다. 지수는 영인이 일러준 대로
예나가 영어 프로그램을 하나 듣게 하고 식사를 준비했
다. 밀키트를 종류별로 꺼내 예나에게 먹고 싶은 걸 고르
게 했다. 예나에게 점심을 다 먹이고 나서 지수는 태오에
게 전화했다. 태오는 전화를 받지 않았다. 아까 보내놓은
메시지도 확인하지 않았다. 고시원으로 돌아온 후에야 지

수는 태오와 연락이 닿았다.

　그날 오전 열시의 주유소는 한산했다. 외곽 도로를 지나는 출근 차량 행렬이 한차례 빠져나간 뒤였다. 태오는 주유소 입구에 서서 정기사를 기다렸다.

　십여분이 지나고 주유소 입구로 소형 유조차가 들어왔다. 태오는 기름 탱크 주입구 커버를 열어두고 유조차 주변에 노란색 안전표지판을 세워두었다.

　정기사님은요?

　태오가 물었다.

　운전석에서 내린 사람은 정기사가 아니었다. 정기사보다 나이가 어렸고 체구는 더 컸다. 털모자를 쓰고 있었다.

　아, 여기가 정기사님 담당이죠? 아마 오늘은 휴무일 거예요.

　털모자 기사가 유조차 후면에서 호스를 빼내며 말했다.

　탱크에 기름이 채워지는 사이 태오는 정기사에게 전화했다. 여러번 통화를 시도해도 연결이 되지 않았다.

　──곧 출발해. 열시 도착 예정.

아침 아홉시에 보내온 메시지가 마지막이었다.

근데 정기사는 왜 찾아요?

털모자 기사가 기름을 다 채우고 주입구에서 분리한 호스를 정리하며 물었다.

만화책 빌려줬거든요.

안전표지판을 접으며 태오가 대답했다.

만화책요? 하면서 털모자 기사가 피식 웃었다.

표정이 너무 안 좋아서 정기사님한테 돈이라도 뜯긴 줄 알았잖아요.

유조차가 떠난 뒤 태오는 정기사에게 다시 전화했다. 음성메시지 녹음 안내 멘트가 흘러나왔다. 태오는 수화기에 대고 욕을 퍼부었다. 그때 차가 한대 들어왔다. 운전석에 노란 야구 모자가 보였다. 박사장이었다. 박사장은 여름이든 겨울이든 일년 내내 빛바랜 노란색 야구 모자를 쓰고 다녔다.

오셨어요.

태오는 자신의 차에 기름을 넣고 사무실로 들어온 박사

장에게 인사했다.

별일 없었냐.

박사장은 사무실 책상 위 컴퓨터 모니터로 탱크 기름양을 확인했다. 장부까지 훑고 나서는 다짜고짜 상현을 욕하기 시작했다.

내가 뭘 찾은 줄 아냐.

박사장은 2층 직원휴게실 화장실에서 콘돔을 발견했다고 했다.

상현이가 여자친구 생겼다고 자랑했잖냐. 아무래도 상현이 짓인 것 같은데, 안 그러냐?

태오는 대꾸 없이 고개를 갸웃하기만 했다.

근데 이 새끼가 죽어도 자기는 아니라는 거야.

박사장이 몸을 건들거리며 말했다.

제가 상현이한테 얘기해볼게요. 잘 타이를게요.

그래. 너 말이라면 개도 알아먹을 거야.

박사장은 밖으로 나가려는 것처럼 몸을 돌렸다가 태오야, 하고 부르며 한발 가까이 왔다.

앞으로 내가 널 믿어도 되겠냐.

모자를 고쳐 쓰며 박사장이 물었다. 태오는 말없이 사장의 얼굴을 쳐다보았다. 사장은 묘한 표정을 짓고 있었다. 테이블에 던져둔 태오의 스마트폰이 한두번 울리다가 잠잠해졌고 주유소 입구로 차가 들어왔다. 태오는 사무실 밖으로 나가며 스마트폰을 집어 들어 메시지를 확인했다.

—박사장이 눈치 깠어. 물 건너간 거야. 당분간 연락하지 마라.

정기사의 메시지였다. 태오는 주유기 쪽으로 향하던 걸음을 멈추고 고개를 돌렸다. 사무실 문가에 서 있는 박사장이 보였다. 태오 뒤에서 주유를 기다리는 차가 경적을 울렸다.

다음 날 지수는 예나와 산책을 다녀오고 그림 달력을 만들었다. 저녁을 먹고 영화를 보다가 예나는 잠이 들었다. 영인은 늦는다고 연락을 해왔다. 서울에서 강소로 오는 고속도로가 막힌다고 했다.

예나는 곤히 자고 있었다. 지수는 거실을 서성였다.

리모델링한 펜션 안은 따뜻했다. 가습기와 공기청정기

덕분에 건조하지도 않고 쾌적했다. 냉장고에는 밀키트와 과일, 음료와 디저트가 가득했다. 영인은 먹고 싶은 걸 꺼내 먹으라고 했지만, 지수는 배가 고프지 않았다. 해야 할 일도 없었다. 그래서 불안했다. 음식을 나르거나 음료를 만들거나 설거지를 해야 할 것 같았다.

지수는 예나의 장난감을 정리했다. 거실 바닥을 대충 쓸고 욕실 세면대에서 손을 닦았다. 거울 옆 서랍장에 꽃 그림이 그려진 입욕제가 보였다. 영인 회사의 제품은 아니었다. 지수는 뚜껑을 열고 냄새를 맡아보았다. 장미향이 났다. 세면대 왼편에는 티 없이 하얀 욕조가 있었다. 펜션에 온 첫날부터 욕조에 뜨거운 물을 가득 채우고 몸을 담그고 싶다고 지수는 생각했다. 수증기 가득한 욕실의 온기가, 입욕제를 풀어 생긴 거품이 피부에 닿는 상상을 했다.

지수는 세면대에 뜨거운 물을 채우고 입욕제를 조금 풀었다. 새하얀 거품이 구름처럼 폭신했다. 두 손을 담근 채 눈을 감고 향긋한 냄새를 맡았다. 순식간에 기분이 상쾌해지는 것 같았다. 그런데 이상하게도 머릿속에는 정반대의 기억이 떠올랐다. 예전에 지내던 고시원의 기억이었다. 곰팡이가 많이 핀 방이었다. 벽지와 뒤틀린 채 푹 꺼진 천장까지 곰팡이가 피어 있었다. 그 방에서 지내는 동안 자주 옷을 빨고 머리를 감아도 냉한 습기와 함께 배어든 퀴퀴한 냄새가 지워지지 않았다.

물이 미지근해진 후에 지수는 눈을 떴다. 수건으로 물기를 닦은 손에서 장미향이 났다. 욕실에서 나온 뒤에는 예나의 방에서 동화책을 뒤적였다. 다시 거실로 나와 가장 구석에 있는 방문을 열어보았다. 한번도 들어가보지 않은 방이었다. 그 방에는 영인의 물건이 있었다. 영인의 옷가지와 화장품, 서류 뭉치와 노트북이 있었다. 유명 브랜드 로고가 박힌 가방도 보였다. 영인이 주유소에 왔던 날 걸치고 있던 가방이었다. 지수는 방문을 닫고 나왔다. 거실 소파에 앉아 영화를 반 정도 봤을 때 영인이 도착했다.

영인은 피곤해 보였다. 입꼬리를 올리며 애써 웃고 있었지만, 안색이 좋지 않았다. 차 안에서 울다가 온 게 아닐까, 하는 생각이 들 정도였다. 눈가에는 화장이 번져 있었다.

지수씨, 와인 한잔할래요?

영인이 가방에서 와인 한병을 꺼내 식탁 위에 올렸다.
지수는 시계를 보았다. 밤이 늦은 시간이었다.

이따가 택시 불러줄게요.

지수가 말없이 서 있는 사이 영인은 와인잔 두개를 꺼
내 왔다. 둘은 식탁에 마주 앉았다.

천재지변이라도 나서 납품일이 미뤄지면 좋겠어요.

영인은 공인중개사 채사장의 사무실에 들렀다가 호텔
담당자를 만나고 왔다고 했다. 지난 며칠간 영인은 일을
마치고 돌아오면 그날 있었던 일을 지수에게 들려주었다.
처음엔 잘 알아듣지 못했지만 공장 상황이 어떤지 지수도
조금씩 알게 되었다. 납품일은 미룰 수 없고 공장 B동은
아직도 멈춰 있었다. 공장 부근의 땅을 소유한 주인은 시
세의 열배가 넘는 돈을 요구했다. 영인은 배수로를 확보
하는 다른 방법을 알아보라고 설비 담당자에게 지시했지
만 시간 낭비였다. 영인은 연일 야간작업 중인 직원이 과
로로 다치거나 A동까지 멈출까봐 매일 노심초사하고 있
었다. A동을 24시간 돌리다가는 기계가 망가질 수 있다고
설비 담당자는 경고했다.

땅 주인은 뭐 하는 사람이에요?

지수가 물었다.

나도 몰라요.

영인은 땅 주인을 직접 만나 사정을 해보려고 채사장에게 여러번 부탁했지만 땅 주인이 원치 않는다며 딱 한번 전화를 연결해주었다. 땅 주인은 채사장을 통해 용건을 전하라는 말만 남기고 전화를 끊었다. 영인이 다른 부동산 대여섯군데에 연락해봐도 그 땅은 채사장과 얘기를 하라는 반응만 돌아왔다. 이미 대출을 최대한도로 끌어 쓴 터라 자금을 융통하려면 제2금융권을 통해야 했다. 매달 부담하게 될 이자를 생각하면 영인은 아찔했다. 손이 덜덜 떨렸다.

더이상 어떻게 해야 하는 건지, 방법을 찾을 수만 있다면 무슨 짓이라도 하고 싶은 심정이에요.

영인은 긴 한숨을 내쉬다가 잠에서 깬 예나의 칭얼거리는 소리에 자리에서 일어나 방으로 들어갔다. 예나를 일으켜 오줌을 누이고 옷을 갈아입히고 다시 재운 후에 거실로 나왔다.

어머, 집 안이 깨끗해졌네요. 청소까지 했어요?

영인이 식탁으로 돌아와 환하게 웃었다.

지수씨가 예나와 있어줘서 얼마나 다행인지 몰라요.

영인은 불편한 점이 있으면 꼭 얘기해달라고 했다.

지수씨한테 좋은 향기가 나네요.

지수가 영인의 잔에 와인을 따를 때 영인이 말했다. 지수는 두 손을 테이블 아래로 내렸다.

지수씨 몇살이죠?

스물일곱살이요.

좋은 나이네요.

스물일곱살에 뭘 하셨어요?

영인을 물끄러미 보던 지수가 물었다.

그땐 뭘 했더라… 아, 토론토에서 어학연수를 하고 있을 때네요.

영인은 예전 기억을 더듬으려는 듯 눈을 가늘게 떴다가 지수를 보며 빙긋이 웃었다.

지수씨, 언니라고 불러줄래요? 난 그게 편할 것 같은데. 날 어머님이라고 부를 건 아니잖아요?

영인이 소리 내어 웃었다. 네, 그럴게요, 하고 지수도 웃었다.

그럼, 지수씨, 나 말 놓아도 돼요?

영인이 또 물었다. 네, 하고 지수는 고개를 끄덕였다.

와인을 한모금 마신 후에 영인은 어학연수 이후의 일을 들려주었다. 선욱과 결혼하고 아버지가 갑자기 돌아가시면서 화장품 제조 사업을 물려받은 영인은 신제품 개발에 힘쓰며 단기간에 회사의 규모를 키웠다. 예나가 태어나고 몇년 후 항공사에 다니던 선욱이 코로나바이러스의 유행 때문에 실직해 영인의 사업에 합류했다.

예나 옆에 있어주지 못하는 게 제일 마음에 걸려.

회사대표이자 엄마인 영인은 늘 시간에 쫓겼다.

영인은 내가 좀 취했나봐. 이제 이런 얘기 말고 재밌는 얘기 하자, 하고 의자에 몸을 기댔다.

지수씨 얘기 좀 해줘. 어떻게 연극을 하게 된 거야? 학교에서 연기를 전공했어?

아니요. 동아리에서요.

식탁 위에 손끝을 올리며 지수는 말을 이었다.

지수는 입학금을 대주겠다는 이혼한 아버지의 권유로 강소에서 멀지 않은 교육대학에 들어갔다. 친구를 따라 놀러 간 연극 연습실에서 지수는 처음으로 연극을 경험했다. 대학에 다니는 3년 동안 학과 수업은 거의 듣지 않고 연극 동아리 활동에 빠져 지내다가 끝내 학기를 다 채우지 않고 친구가 있는 극단에 들어갔다.

그 친구가 혹시 태오씨야?

영인이 눈을 찡긋하며 물었다.

지수는 고개를 끄덕이며 양 볼에 손을 대었다. 오랜만에 술을 마신 탓인지 얼굴에 열이 올랐다. 뜨거운 물에 몸을 담근 것처럼 몸이 나른했다.

역시, 그랬구나.

태오도 연기를 하는지 영인이 물었다.

태오는 작품을 써요. 주유소에서 일하면서 희곡을 쓰고 있어요.

지수는 말끝을 흐렸다. 어젯밤 태오를 잠깐 만났을 때, 그때의 태오 얼굴이 떠올라 와인을 더 마셨다. 사장은 퇴직금도 주지 않고 태오를 내쫓았다. 태오는 화가 많이 나 있었다. 공장에 나가든 배를 타든 당장 일을 구해야 한다고 했다.

지수는 와인잔을 만지작거리다가 가슴이 답답한 것처럼 갑자기 숨을 크게 들이쉬었다.

지수씨 왜 그래?

영인이 지수에게 손을 뻗었다.

태오씨랑 싸웠어?

왜 울고 그래, 하며 영인이 휴지를 건넸다. 지수는 고개를 돌리며 자리에서 일어났다.

아까 보던 영화가 생각나서요. 슬픈 영화였어요.

지수가 둘러대며 코트를 찾아 입었다. 지수 곁으로 온 영인이 지수의 어깨를 부드럽게 쓰다듬다가 택시를 불러주었다.

그 영화 제목이 뭐야? 펑펑 울고 싶을 때 나도 보려고.

택시에 오르는 지수를 배웅하며 영인이 물었다.

포옹의 순간

태오는 싱크대 아래로 몸을 숙이고 배관을 살펴보았다. 영인의 부탁으로 펜션의 싱크대 배수구를 고치는 중이었다. 영인은 아침에 한껏 들뜬 예나를 차에 태우고 놀이공원으로 출발했다. 펜션에는 지수와 태오, 둘뿐이었다.

그저께부터 펜션의 주방 싱크대가 막혀 물이 내려가지 않았다. 펜션 주인이 알려준 수리기사는 약속 시간을 몇 번 늦추더니 나중에는 방문 일정을 취소해버렸다. 다른 기사는 사흘 후에나 올 수 있다고 했다. 영인이 전화로 펜션 주인과 언쟁을 벌이는 동안 지수는 태오를 떠올렸다. 희영의 집에서 지낼 때 태오가 세면대 배수구를 고쳐준

적이 있었다. 태오는 손재주가 좋았다. 극단에서도 온갖 소품을 뚝딱 만들곤 했다. 지수가 태오 얘기를 하자 태오 씨가 와주면 정말 고맙죠, 하며 영인이 반색했다.

이 집 싱크대 밑이 이렇게 더러울 줄이야.

지수가 얼굴을 찌푸렸다. 태오가 분리해낸 싱크대 배관 안에 오물이 잔뜩 끼어 있었다.

리모델링하면서 배관은 새로 안 했나봐.

태오는 배관을 깨끗이 닦아내고 다시 끼워 넣었다. 배관통 자체가 좁고 찌그러져 있어서 교체하지 않으면 조만간 또 막힐 거라고 했다. 태오가 싱크대 물을 한참 틀어두고 물이 새는 곳이 없는지 살피는 동안 지수는 주변을 마른걸레로 닦았다.

이거 먹고 갈래?

지수가 욕실에서 손을 닦고 나온 태오에게 밀키트를 내밀었다. 해물 크림소스 파스타였다.

그래도 돼?

뭐든 꺼내 먹으라고 했어. 이거 진짜 맛있어.

지수는 밀키트의 포장지를 뜯고 전자레인지로 데웠다.

따끈하게 데운 파스타를 그릇에 담아 금방 한상을 차렸다. 피클과 탄산수도 꺼내놓았다.

진짜 맛있다.

맛있지?

둘은 식탁에 마주 앉아 고소하면서도 매콤한 파스타를 먹었다. 새우와 오징어가 듬뿍 들어가 있었다. 스마트폰에서는 지수가 선곡한 음악이 흘러나왔다.

이거 꼭 벌레 같아.

지수의 말에 태오가 접시를 가까이 들여다보았다.

그러네. 진짜 벌레 같네.

꽈배기 모양의 푸실리 면이 통통한 애벌레처럼 보였다. 지수는 푸실리 면을 포크로 찍어 태오에게 줄 것처럼 내밀었다가 자기 입에 쏙 넣었다. 지수와 태오는 킥킥거리며 웃었다.

여기도 공구함이 있었네.

예나가 자동차를 완성하고 남은 부품들이 태오가 가리킨 플라스틱 공구함에 들어 있었다.

예나는 놀이공원에서 신나게 놀고 있겠지.

지수는 방긋방긋 웃는 예나의 얼굴을 떠올렸다. 매일 예나와 시간을 보내다가 고시원으로 돌아가면 예나가 생각나고 보고 싶어졌다.

언제까지 예나를 돌보는 거야?

토요일에 언니 남편이 출장에서 돌아온다고 들었어.

지수는 새우를 입에 넣었다. 태오는 피클 두조각을 한입에 넣었다. 오이와 무 조각을 씹다가 소파에 걸쳐둔 점퍼를 가져와 뜯어진 어깨솔기를 보여주었다.

뭐야? 옷이 왜 그래?

지수가 물었다.

태오는 정기사를 만나고 온 일을 들려주었다.

태오는 털모자 기사를 통해 정기사가 기름을 배달하는 다른 주유소를 알아냈다. 오늘 새벽에 그 주유소까지 차를 몰고 가서 정기사를 기다렸다. 정기사는 태오를 보자마자 도로 한복판으로 내달렸다. 뒤쫓아 달리던 태오가 정기사의 옷자락을 잡아채며 둘은 아스팔트 도로 위로 나뒹굴었다. 태오는 정기사의 멱살을 잡고 흔들며 그간의 일을 따져 물었다. 박사장은 태오가 등유를 섞으려 했다는 것뿐 아니라 정기사를 기다렸던 사실까지 정확히 알고 있었다. 모르는 일이라고 시치미를 떼던 정기사는 태오가 몇차례 더 으박지르자, 박사장이 시킨 대로 한 것뿐이라고 털어놓았다.

나를 떠보라고 했대. 등유 섞어 돈을 벌어보자고 하면 내가 넘어올 거라고.

사장님이 시켰다고?

태오의 말이 믿기지 않아 지수는 몇번이나 되물었다.

퇴직금 안 주고 날 쫓아내려는 수작이었어.

태오는 성난 얼굴로 말했다. 해고를 통보하던 박사장의 표정과 말투, 그리고 계속 일하게 해달라고 사정하던 자신의 목소리가 떠올랐다.

정말 퇴직금 때문에 그런 거란 말이야? 네가 주유소에서 어떻게 일했는데.

지수가 따지듯 말했다.

그게 무슨 상관이야. 퇴직금을 아낄 수 있잖아. 상현이를 야간근무로 돌리면 인건비도 줄일 수 있고.

근무 3년 차 되던 해에 박사장은 월급 인상 대신 한달치

월급을 퇴직금으로 얹어주겠다고 했다. 그렇게 계산하면 태오의 퇴직금은 대략 천만원이었다.

네가 수술비 때문에 퇴직금 당겨달라고 하니까 이런 짓을 한 거네. 돈이 필요한 걸 알았으니까.

박사장은 도박에 미쳐 있어.

지난주 금요일에도 박사장은 주유소에서 도박판을 벌였다. 사장실 청소뿐 아니라 자질구레한 심부름 때문에 귀찮아죽겠다고 상현이 불평했다. 태오도 술과 담배를 사다 나르고 재떨이와 쓰레기통을 비우며 판돈이 오가는 걸 봤다. 자욱한 담배연기 사이로 오만원짜리 지폐 뭉텅이가 손에서 손으로 넘어갈 때 도박꾼들의 얼굴은 시시각각 달라졌다.

이번 금요일에도 도박판을 벌일 거야.

태오는 담배연기를 피하려는 것처럼 고개를 흔들었다.

흘러나오던 음악이 뚝 끊겼다. 지수가 음악을 끈 것이었다.

하나 더 먹을래?

지수가 물었다. 둘의 접시는 어느새 비어 있었다.

이제 가야지.

태오가 시계를 보며 말했다. 하지만 둘 다 일어나지 않고 계속 앉아 있었다. 다시 침묵이 흘렀다.

이거 하나만 먹고 갈까?

지수가 일어나 냉장고 앞으로 갔다. 초콜릿이 코팅된 바닐라 아이스크림 바를 하나 꺼내 왔다. 지수와 태오가 번갈아 한입씩 베어 물자 아이스크림은 금방 사라졌다. 처음부터 각자 하나씩 먹을걸, 하며 지수는 아이스크림을 하나 더 꺼내 먹었다. 그래도 배가 고팠다. 이상하게도 먹으면 먹을수록 허기가 져서 치즈케이크와 초코롤도 꺼내 왔다. 이걸 먹어도 돼? 하면서 태오는 평소에 잘 먹지 않던 아이스크림과 케이크를 먹어치웠다. 크림소스가 말라붙은 접시 옆에 종이 케이스와 나무 막대, 비닐 포장지와 플라스틱 받침대가 쌓였다.

더이상 못 먹겠어.

태오가 식탁에서 일어났다. 지수도 배가 불렀다. 지수는 남은 탄산수를 벌컥벌컥 마셨다.

뭘 만드는 공장들이야?

태오는 면접 본 공장들 중에 먼저 연락이 오는 공장으로 출근할 거라고 했었다.

여러가지야. 이런 소파도 만들고, 싱크대도 만들어. 가구 페인트칠하는 공장도 있고.

태오는 거실 소파에 앉았다.

영인 언니한테 너 일자리 부탁해볼까? 내가 부탁하면 알아봐줄지도 몰라.

태오는 아무 말 하지 않았다.

나한테 정말 잘해줘. 너한테도 꼭 식사 대접하고 싶다고 했어.

그런 부탁 하면 싫어할걸. 귀찮게 군다고 느껴지면 달라질 거야.

지수는 태오의 말에 기분이 조금 나빠졌다. 하지만 태오 말이 맞을 수도 있다고 생각했다.

가짜뉴스 영상이라도 만들까. 돈이 꽤 벌린다던데.

태오는 중얼거리면서 손가락 마디를 눌러 소리를 냈다.

근데 이 소파 진짜 편하다. 잠이 올 것 같아.

태오는 소파에 기대 누웠다. 새벽부터 이어진 긴장이

이제 조금 풀리는 것 같았다.

지수는 양 볼에 바람을 잔뜩 넣어 부풀렸다가 자리에서 일어났다.

이 집은 해가 정말 잘 들어. 봄이 되면 연못이 얼마나 예쁠까.

지수는 거실의 큰 창 앞에 서 있다가 환기를 좀 해야겠어, 하며 창을 조금 열어두었다. 열린 창틈 사이로 바람이 들어왔다. 코끝이 시릴 만큼 찬 바람이 지수의 몸을 감쌌다.

창틀을 넘어 벌레 한마리가 기어들었다. 지수는 벌레를 손으로 눌러 죽였다. 그때 베란다 밖에서 자동차 엔진 소리가 들렸다. 이어서 시동 끄는 소리가 들려왔다. 지수는 태오를 부르며 식탁 앞으로 갔다.

언니가 왔나봐.

지수가 외쳤다.

지수와 태오는 서둘러 식탁을 치웠다. 식탁 위의 포장지들을 쓰레기통에 버리고 식기를 개수대로 옮겼다. 지수가 주방세제로 거품을 내고 태오가 식기를 헹궜다.

설거지하다 말고 둘은 귀 기울였다. 밖은 조용했다. 아무 소리도 들리지 않았다.

지나가는 차였나봐.

언니가 아니었나봐.

둘은 다시 식탁에 앉았다.

깜짝 놀랐네.

지수가 말했다.

근데 우리가 왜 그렇게 놀랐지.

둘은 말없이 한참을 마주 보았다.

이제 진짜 가자.

지수가 먼저 일어나 코트를 입고 가방을 멨다. 태오는 욕실로 갔다. 욕실에 다녀오더니 도로 소파에 누웠다.

가자니까.

지수가 재촉했다. 그런데도 태오는 몸을 구부린 채 소파에 누워 있었다. 일어날 생각이 없어 보였다.

지금 뭐 하는 거야.

지수가 짜증 섞인 목소리를 냈다.

머리가 아파. 체했나봐. 너무 많이 먹었나봐.

머리가 아파?

지수가 태오의 이마를 만져보았다.

열은 없어. 그런데 아픈 게 당연해. 벌레 때문이야.

벌레?

온갖 잡생각이 벌레처럼 네 머릿속을 파먹고 있는 거
야. 그래서 머리가 아픈 거야.

태오를 물끄러미 내려다보며 지수가 말했다.

머리가 깨질 것 같아. 물 좀 가져다줘.

태오가 말했지만, 지수는 가만히 서 있었다.

나도 그럴 때가 있어. 어떤 날은 하루 종일 그 벌레들이
랑 싸우면서 보냈어.

지수가 어깨에 걸친 가방을 만지작거리며 말했다.

가방 안에는 체크무늬 파우치가 있었고 파우치 안에는
목걸이가 있었다. 목걸이를 팔아서 태오에게 빌린 돈을
갚아야 할까. 희영의 돈을 먼저 갚아야 할까. 이제라도 영
인에게 돌려줘야 할까. 하지만 어떻게? 이런 생각을 하다
보면 머리가 깨질 듯 아팠다.

돈이 많으면 뭐가 좋은 줄 알아?

지수는 소파에 누워 있는 태오 옆에 쭈그려 앉았다.

뭐라고?

태오의 이마에 식은땀이 났다.

돈이 많으면 벌레랑 싸울 필요가 없어. 벌레랑 싸우는 대신 그 시간에 하고 싶은 일을 할 수 있어.

지수가 태오의 머리를 두 손으로 감쌌다.

중요한 건 시간이야. 넌 시간을 도둑맞은 거야.

지수는 아기를 달래듯 태오의 머리를 부드럽게 쓰다듬었다.

박사장이 시간을 훔쳐갔어. 그건 돈으로도 살 수 없는 거야.

지수는 소파 위로 올라가 태오 옆에 누웠다.

우린 뭔가를 해야 해. 아무것도 하지 않으면서 뭘 바라는 건 말이 안 돼.

지수가 태오의 품을 파고들며 속삭였다. 지수는 자신이 나쁘다는 걸 알았다. 하지만 그 순간에 자신이 가득 채워지는 것 같았다. 살아 있다고 느꼈다. 더 나빠지고 싶었다.

지수의 손길에 태오가 눈을 치켜떴다. 태오의 머릿속에 이명이 울렸다. 한번도 들어본 적 없는 전자음 같았다.

회전목마

구름이 달을 가리면서 눈송이는 더 커졌다. 영인은 인적 없는 눈밭에 쓰러져 있었다. 커다란 눈송이가 내려앉아 찬 기운이 퍼지며 몸이 굳어갔다. 쏟아지는 눈이 주변을 새하얗게 만들었다. 영인이 입은 분홍색 잠옷도 눈으로 뒤덮이며 색을 잃어갔다. 영인은 눈을 털고 일어나고 싶었지만 손가락 하나 움직일 수 없었다. 신음만 간신히 내뱉었다. 차가운 공기 속으로 입김이 사라지고 어디선가 엄마, 하는 소리가 들렸다.

엄마, 일어나.

예나가 영인을 흔들어 깨웠다.

엄마, 꿈꿨어? 꿈에 귀신 나왔어?

영인은 눈을 떴다. 예나의 얼굴이 보였다. 뒤로 민트색 커튼이 보이고 TV에서 흘러나오는 애니메이션 노랫소리가 들렸다. 영인은 거실 소파에 누워 있었다.

어제 귀신의 집에 안 가길 잘했지?

놀이공원 귀신의 집에 갔다면 더 무서운 꿈을 꾸었을 거라고 예나가 말했다.

예나 말 듣고 안 가길 정말 잘했네.

영인이 예나를 끌어안자, 엄마 더워? 하고 예나가 물었다. 영인의 몸은 식은땀에 젖어 있었다. 목과 어깨도 뻐근했다.

어제 예나는 놀이공원에서 신나게 놀았지만, 낡은 폐가처럼 꾸민 귀신의 집에는 가까이 가지도 않았다. 예나는 비행접시와 회전목마를 제일 좋아했다. 추운 날씨에도 회전목마를 타며 까르르 웃었다.

예나가 회전목마를 타는 동안 영인은 강실장과 통화했다. 호텔 담당자가 생산량 현황 자료를 요청했다고 했다. 호텔 측에서 강소 공장의 상황을 파악한다면 일은 더 복

잡해질 것이다. 그래서 오늘 아침 영인은 서울로 향했다. 호텔 본점으로 달려가 담당자에게 백화점 상품권이 담긴 봉투를 건네며 윗선 보고를 늦춰달라고 부탁했다. 강소로 돌아오는 차 안에서 영인은 공인중개사 채사장에게 연락해 내일 오후로 약속을 잡았다. 채사장을 통해 땅 주인에게 한번 더 사정을 해보는 수밖에 없었다. 지수에게 펜션에 와주어야 하는 시간을 메시지로 보내놓고 거실을 서성이던 영인은 소파에 잠시 누웠다. 그대로 깜빡 잠이 들었다가 눈 더미에 갇히는 악몽을 꾼 것이었다.

예나야, 우리 저녁 뭐 먹을까?

영인은 소파에서 일어나 식은땀에 젖은 옷을 갈아입고 주방으로 향했다. 냉장고 문을 열고 나서야 펜션에 오는 길에 장을 봐올걸, 하고 후회했다. 냉장고 안에 먹거리가 훌쩍 줄어 있었다. 싱크대 배수구는 제대로 고쳐진 것 같았다. 물이 시원하게 잘 빠졌다. 영인은 깜빡하고 보내지 않은 수리비를 지수가 알려준 계좌로 송금했다.

예나야, 오늘은 지수 언니랑 뭐 하고 놀았어?

영인은 식탁에 앉아 그림을 그리는 예나에게 물었다.

예나는 스케치북을 잘라 만든 그림책을 보여주며 바다로 여행을 떠난 고양이 이야기를 들려주었다. 몸을 흐느적거리는 동작의 괴상한 춤도 보여주었다. 고양이가 물속에서 추는 춤이라고 했다. 고양이의 이름은 코니였다.

내일은 언니랑 코니가 물속에서 부르는 노래를 만들 거야.

예나는 지수와 그림책을 완성할 기대에 부풀어 있었다. 하지만 내일은 올 수 없다는 지수의 메시지가 와 있었다. 영인은 지수에게 전화를 걸었다.

이번 주까지 나올 수 있다고 했잖아요. 무슨 일 있어요?

영인이 볼멘소리로 말했다. 그리고 곧 자신이 깜빡했다는 것을 깨달았다. 2월 5일은 시간이 안 된다고 지수가 미리 얘기했던 것이 뒤늦게 기억났다. 그래도 영인은 시간을 내달라고 부탁했다. 지수는 올 수 없다고 했다. 영인이 이유를 물어도 알려주지 않았다.

다음 날인 금요일 아침 예나는 지수 언니가 왜 오지 않느냐고 자꾸 물었다.

얼른 아침 먹어. 안 먹으면 치울 거야.

예나는 앞에 놓인 시리얼을 뒤적거리기만 했다. 영인은 당일 호출이 가능한 놀이시터를 구해보려고 스마트폰을 들여다보았다. 후기가 좋은 놀이시터에게 연락하려던 중에 전화가 걸려왔다. 안실장의 전화였다.

안실장은 땅 주인을 직접 만나보려고 영인이 따로 연락을 시도한 공인중개사 중 한명이었다. 지난번에 전화를 받지 않던 안실장에게 간밤에 메시지를 남겨두었는데 이제 연락이 온 것이었다. 영인은 안실장과 약속을 잡고 전화를 끊었다.

예나야, 아침은 나가서 먹자. 오늘은 엄마랑 나가야 해.

채사장을 만나기 전에 안실장을 만나려면 서둘러야 했다. 놀이시터를 구할 시간도 없었다.

영인은 예나를 데리고 안실장의 부동산을 찾았다. 작고 허름한 부동산에서 안실장은 지금껏 영인이 알고 있던 사실과는 다른 이야기를 들려주었다.

들개

금요일 밤 열한시가 가까워지자, 주유소 2층 사장실로 사람들이 하나둘 모였다. 박사장은 테이블 위에 담요를 펼쳐두고 사무실에서 근무 중인 상현에게 자판기 커피를 뽑아오라고 시켰다. 소파에 둘러앉은 사람들은 박사장과 채사장을 포함해 총 다섯명이었다. 그들은 달달한 커피를 마시며 축구 얘기를 하다가 판을 시작했다. 담요 위에 패가 깔리자 금세 팽팽한 긴장감이 감돌았다. 도박꾼들은 자신의 패를 들여다보다가 각자의 돈 가방에서 현금을 꺼내 담요 위에 올려두었다.

지수와 태오는 두시간 전부터 주유소에 들어와 있었다.

지수는 사무실 바로 뒤편의 세차장 건물에 바짝 붙어 있었고 태오는 2층 보일러실 옆에 서 있었다. 둘은 주유소에 숨어들기 전까지 박사장의 판돈을 챙겨 무사히 빠져나올 수 있는 방법을 궁리했다. 메시지나 위치 기록을 남기지 않기 위해 스마트폰의 전원은 꺼두고 보일러실에서 세차장으로 이어지는 빗물 배수관을 이용해 신호를 주고받기로 했다. 지수는 태오가 준 열쇠로 잠겨 있던 세차장 문을 열어두었다. 세차장 안 누전차단기의 위치를 확인하고 배수관 옆에 서서 태오가 보내올 신호를 기다렸다. 태오가 배수관을 두드리면 15초 후에 지수가 차단기를 내려야 했다.

태오는 보일러실에서 건물 내부로 들어가는 현관, 그리고 좁은 복도와 직원휴게실을 지나 사장실로 이어지는 동선을 머릿속으로 수십번 그려보았다. 어느 방향으로 몇걸음을 걸어가야 하는지까지 계산해두었다. 태오는 박사장이 여분의 판돈을 두는 곳을 알고 있었다. 눈을 감고도 찾을 수 있었다. 도박꾼들이 갑작스러운 정전에 우왕좌왕하는 사이 태오는 사장의 돈을 손에 넣을 것이다. 박사장이나 상현이 차단기를 올려 다시 불이 들어왔을 때 지수와 태오는 주유소를 빠져나가고 없을 것이다. 일은 간단했다. 하지만 이전에는 상상조차 해보지 않은 일이었다.

태오의 주머니에는 작은 돌이 들어 있었다. 주유소 근처 도로변에 차를 세워두고 걸어오는 길에 주워 온 것이었다. 그 돌을 손에 움켜쥐자 높은 전망대에 올랐을 때처럼 오줌이 마려웠다. 어디선가 개 짖는 소리가 들렸다. 태오는 돌을 손에 쥔 채 팔을 뻗었다. 작은 돌로 배수관을 두드렸다. 돌이 부딪히며 나는 둔탁한 소리가 관을 타고 울렸다. 태오는 속으로 숫자를 세며 조심스럽게 발을 내디뎠다. 방수포 깔린 바닥을 밟아 현관 앞까지 이동해야 했다. 그때 주유소 입구로 차가 한대 들어왔다. 차는 주유기 쪽으로 방향을 틀지 않고 직진하여 2층으로 오르는 계단 앞에 섰다. 차에서 내린 누군가 계단을 뛰어올랐다. 철제 계단을 밟는 소리에 태오는 재빠르게 몸을 낮추었다. 계단을 오르는 사람의 정수리가 보였다.

세차장 안의 지수는 계속 숫자를 셌다. 열둘, 열셋, 열넷 그리고 열다섯. 벌겋게 언 지수의 손이 차단기를 내렸다. 주유소의 대형 간판과 가격 전광판의 빛이 순식간에 사라졌다. 사무실과 사장실의 형광등도 꺼졌다. 정전된 주유소 풍경은 생각보다 밝았다. 달빛이 환한 밤이었다. 이제 지수는 쪽문으로 빠져나가야 했다. 누군가 차단기를 올리러 오기 전에 피해야 했다. 하지만 지수는 그 자리에 멈춰 섰다. 달빛 아래에서 지수는 갈색 구두를 신은 여자의 발을 보았다. 2층으로 향하는 계단 중간에 여자가 서 있었다. 여자가 고개를 낮추거나 시선을 돌리면 지수를 볼 수 있었다. 지수는 쪽문으로 가지 못하고 세차장 옆 손님용 화장실 쪽으로 향했다. 지수가 숨고 나서 여자가 고개를 돌렸다. 두리번거리던 여자는 다시 계단을 뛰어올랐다.

불 꺼진 사무실에서 상현이 뛰어나왔다. 2층 창문으로 고개를 내민 박사장이 상현에게 차단기를 올리라고 소리쳤다. 상현이 세차장으로 뛰어들어간 뒤 주유소는 다시 환해졌다.

사장실 안의 형광등도 켜졌다. 짧은 정전이 지난 뒤의 도박판은 어수선했다.

누가 내 패를 건드린 것 같은데.

어떤 놈이 판돈에 손댄 거야?

다섯 명은 패와 판돈을 확인하느라 정신이 없었다. 그들은 서로를 의심했다. 곧 싸움이 벌어질 분위기였다.

왜 날 쳐다봐?

누군가 언성을 높였을 때 방문이 열리고 갈색 구두를 신은 여자가 들어섰다. 사장실 안의 사람들은 귀신을 본 듯 여자를 쳐다보았다. 박사장을 제외한 네 사람은 놀란 와중에도 애써 웃으며 인사를 건넸다. 그들 모두 여자를 잘 알았다. 그들은 여자를 사모라고 부르기도 했고 민호 엄마라고 부르기도 했다. 여자는 박사장의 부인, 석진영이었다.

진영은 문가에 선 채 사장실 안을 훑어보았다. 이윽고 남편 박사장을, 그리고 옆에 앉은 채사장을 노려보았다.

여긴 어쩐 일이야?

박사장이 떨떠름한 표정으로 물었다.

여기가 낚시터야?

진영은 박사장을 향해 쏘아붙였다. 박사장은 진영의 시선을 피하며 인상을 찌푸렸다.

진영은 테이블 위 담요를 둘둘 말아 창문 밖으로 던졌다. 돈 가방도 손에 잡히는 대로 창밖으로 내던졌다.

뭐 하는 짓이야!

박사장이 소리 질렀다.

민호 엄마, 무슨 짓이야!

다른 사람들도 외쳤다.

창밖으로 날아간 담요는 공중에서 펄럭였다. 패와 지폐는 바람이 부는 대로 나부끼며 계단 위와 주유소 앞마당으로 떨어졌다. 망연자실한 표정으로 창밖을 내다보던 사람들은 밖으로 달려 나갔다. 박사장과 진영은 보일러실 앞에 서서 다툼을 벌였다. 사장은 1층으로 내려가려 했고 진영은 사장을 놓아주지 않았다.

계단을 뛰어내려간 사람들은 질퍽한 눈에 젖은 만원짜리와 오만원짜리 지폐를 주웠다. 주유소 앞마당에서 투덜거리며 돈을 줍던 사람들이 끼익, 하는 소리에 동작을 멈추고 서로를 쳐다보았다.

들었어?

무슨 소리가 났어.

저기야! 저기!

누군가 세차장 옆 화장실을 가리켰다. 사람들은 주운 돈을 주머니에 쑤셔 넣으며 화장실 앞으로 갔다.

문이 잠겨 있어. 안에 누가 있는 거야.

채사장이 손잡이를 잡아 돌렸다. 나머지 사람들은 문을 사납게 두드려댔다. 발로 문을 차다가 손잡이를 부수려던 참이었다. 문이 덜컹이는 소란 사이로 여자의 날카로운 비명이 꽂혔다. 사람들은 돈을 줍던 앞마당으로 다시 몰려갔다. 주유소 앞마당에 진영이 쓰러져 있었다. 진영의 한쪽 발은 기이하게 꺾여 있었다. 누군가 스마트폰을 꺼내 구급차를 불렀다. 진영의 의식을 확인한 채사장이 계단 위를 올려다보았다. 박사장이 계단 난간을 잡은 채 부릅뜬 눈으로 아래를 내려다보고 있었다.

주유소에서 이백 미터 남짓 떨어진 외곽 도로에 태오의 허름한 지프차가 세워져 있었다. 지수와 태오는 주유소에서 빠져나온 뒤 차에서 만나기로 약속을 해두었다.

먼저 도착한 지수는 차 옆에 서 있었다. 뒤에 도착한 태오가 차 문을 열고 둘은 차에 올라탔다. 새벽 한시가 넘은 시각이었다. 지수와 태오는 덜덜 떨면서도 추위는 느끼지 못했다. 몸이 차가우면서도 동시에 뜨거웠다. 심장이 방망이질하듯 뛰었고 차 안은 숨소리로 가득했다. 태오가 히터를 켰다. 태오의 손등엔 피가 맺혀 있었다. 주유소 뒤쪽 담을 넘느라 옷이 뜯기고 손등이 까졌다.

히터에서 뜨거운 바람이 나오고 이어서 구급차 소리가 들려왔다.

뭐가 어떻게 된 거야? 여자 비명을 들었어.

지수의 갈라진 목소리가 정적을 깼다.

사모님이야. 사모님이 계단에서 떨어졌어.

사모님?

지수는 진영을 본 적이 없었다.

태오는 진영의 얼굴을 바로 알아보았다. 하지만 진영이 오늘 그 시간에 주유소에 올 줄은 몰랐다. 사장 부인의 방문은 예상치 못한 일이었다.

사모님이 왜 계단에서 떨어진 거야?

내, 내가 방수포를 당겼어.

태오가 말을 더듬었다.

왜? 도대체 왜 그런 짓…

지수가 소리지르듯 묻다가 멈추고 눈을 깜빡였다.

잠시 침묵이 흐르는 사이 지수는 태오가 방수포를 당긴 이유를 알아챘다. 화장실 안으로 숨은 지수는 밖을 볼 수 없었지만, 2층에 있던 태오는 1층이 훤히 내려다보였을 것이다. 화장실 문을 열려고 몰려든 사람들이 보였을 것이다.

나 때문이구나.

가라앉은 목소리로 지수가 말했다.

바람이 한차례 휘몰아쳐 방수포가 들썩일 때 태오는 그 끝자락을 잡아당겼다. 사장을 넘어뜨려 도박꾼들의 주의를 끌려는 목적이었다. 하지만 방수포 위에 서 있던 사장이 미끄러지며 진영을 밀었다. 진영이 계단에서 떨어진 후 도박꾼들과 사장이 구급차를 부르며 우왕좌왕하는 사이 지수는 화장실에서 나와 쪽문으로 향했고, 태오는 사무실 벽을 타고 내려와 주유소 담을 넘었다.

이걸 줍느라 그랬어. 화장실 문에서 소리가 난 거야.

지수가 두 손에 꼭 쥐고 있던 가방을 태오에게 내밀었다. A4용지 크기의 청록색 가방이었다. 진영이 창밖으로 내던진 돈 가방 중 하나가 지수가 숨어 있던 화장실 앞에 떨어졌다. 그 가방을 주워 온 것이었다.

끼익, 하는 문소리에 사람들이 몰려와 문을 부수려 할 때 지수는 심장이 멎는 것 같았다. 문이 벌컥 열릴까봐 마음 졸이며 몸을 웅크린 채 두 손으로 귀를 막고 있었다. 지금도 그 소리가 귓가에 들리는 것 같았다.

태오는 청록색 가방의 지퍼를 열었다. 사장의 것은 아니었다. 다른 도박꾼의 돈 가방인 것 같았다.

가방 안을 들여다보는 태오의 얼굴에서 지수는 실망의 기색을 읽었다. 지수는 태오의 손에서 낚아채듯 가방을 가져와 이리저리 뒤져보았다. 가방은 비어 있었다. 합성가죽 재질의 묵직한 가방 안에는 아무것도 들어 있지 않았다. 지수는 입술 안쪽을 깨물었다. 입안에서 피가 나 짠맛이 느껴졌다.

지수는 차 문을 열었다. 한 손에 가방을 움켜쥔 채 차에서 내려 걷기 시작했다.

어디 가.

태오가 차에 시동을 걸었다. 속도를 낮춘 채 지수를 따라갔다. 지수는 계속 걸었다.

차에 타. 뭐 하는 거야!

태오가 차창 밖으로 외쳤다.

가방을 숲에 버릴 거야.

지수는 걸음을 멈추지 않았다.

길을 따라 걷던 지수는 숲속으로, 침엽수 사이로 들어 갔다. 태오는 시동을 끄지 않은 채 차에서 내렸다. 지수를 쫓아 숲으로 들어갔다.

차에 타라니까. 위험해!

태오가 지수를 잡아 세웠다.

누가 우릴 봤으면 어쩌지?

지수가 두려움 가득한 눈으로 물었다.

둘은 새벽녘 겨울 숲의 찬 공기를 깊이 들이마셨다.

그럴 리 없어. CCTV도 꺼져 있어.

지수를 안심시키려고 하는 말이 아니었다. 사장은 도박판이 벌어지는 날이면 주유소 정문을 비추는 CCTV를 빼고 나머지는 꺼두었다. 그래서 도박꾼들은 쪽문으로 드나들었다. 주유소 뒷길로 난 작은 문이었다. 오늘 지수와 태오도 그 문으로만 다녔다. 태오가 담벼락을 넘어 쪽문을 열고 지수가 들어오도록 했다.

우리가 무슨 짓을 한 거지.

지수가 손에 든 가방을 보며 말했다. 환한 달빛을 받아 번들거리는 청록색 가방이 금방이라도 다른 무언가로 변할 것 같았다.

우릴 본 사람은 없어.

태오는 시간을 되돌리고 싶었다. 몇시간 전으로 돌아가고 싶은 마음이 간절했다. 바람이 불어왔다. 마른 나뭇가지들끼리 부딪히며 소리가 났다.

태오가 두 팔로 지수의 어깨를 감쌌다. 그러자 지수가 태오의 가슴을 세게 밀쳤다.

저기. 뒤를 봐.

한발짝 뒤로 물러서며 지수가 작은 목소리로 말했다. 손을 들어 태오의 뒤편을 가리켰다.

침엽수 사이로 불빛들이 보였다. 두개의 작은 불빛이

짝 지어 천천히 움직였다. 쏟아지는 달빛을 받아 반짝이고 있었다. 그 빛을 향해 지수가 가방을 던졌다. 지수와 태오는 차를 세워둔 방향으로 뛰었다. 으르렁거리는 소리가 들린 것 같았지만 뒤돌아보지 않고 달렸다. 둘은 숲을 빠져나와 차에 올라탔다.

저녁 만찬

토요일 저녁, 강소 시내의 한 호텔 레스토랑은 빈자리 없이 사람들로 가득 찼다. 지수는 영인의 가족과 함께 4인용 테이블에 앉았다. 지수와 예나가 나란히 앉고 맞은편에 영인이 출장에서 돌아온 선욱과 앉았다.

스테이크랑 파스타 코스로 할까?

와인도 한잔하자.

영인과 선욱이 메뉴판을 보며 말했다. 선욱은 최고급 와인을 골랐다.

지수씨, 뭐 먹을래? 뭐 좋아해?

지수는 추천 메뉴 중 하나를 선택했다. 영인이 웨이터

를 불러 음식과 와인을 주문하고 예나를 위한 음료도 추가했다.

테이블은 곧 먹음직스러운 음식들로 하나둘 채워졌다.

지수씨도 와인 한잔해요. 표대표가 그동안 지수씨 얘기를 어찌나 많이 하던지요.

선욱의 인상은 쾌활하고 이목구비는 뚜렷했다. 예나의 짙은 눈썹과 도톰한 입술은 아빠를 꼭 빼닮은 것이었다.

지수씨 없었으면 나 못 버텼을 거야. 일이 잘 해결된 것도 다 지수씨 덕분이야.

영인이 테이블 위로 손을 내밀어 지수의 손을 잡았다.

오늘 아침 지수가 펜션에 도착했을 때 영인은 드디어 땅 매입에 성공했다며 아이처럼 신나했다.

그동안 정말 고생 많았어.

영인이 지수에게 건배를 청했다.

지수의 놀이시터 일도 오늘이 마지막이었다. 강소 공장 문제를 해결했으니 영인 가족은 서울로 돌아갈 것이다.

축하드려요.

지수는 영인과 잔을 부딪치고 예나 접시에 샐러드를 덜

어주었다. 지수의 근무는 아직 끝나지 않았다. 영인은 함께 저녁을 먹자고 하면서 식사시간도 근무시간으로 계산해주겠다고 했다.

지수씨, 많이 먹어요.

선욱은 더 먹고 싶은 게 있으면 뭐든 시키라고 했지만, 지수는 식욕이 없었다.

해가 질 무렵 영인이 전화로 저녁시간이 어떤지 물었을 때 지수는 예나를 더 봐달라고 하는 줄 알고 시간이 된다고 했다. 영인은 선욱이 강소로 오고 있으니 다 같이 저녁을 먹자며 예나의 외출 준비를 부탁했다. 얼떨결에 레스토랑까지 따라왔지만 지수는 입맛도 없고 조금 멍한 상태였다. 음식을 앞에 두고 지수는 먹는 시늉만 했다.

지수가 예나의 식사를 챙기는 동안 영인과 선욱은 그동안 쌓인 이야기를 나누었다. 지수가 아는 이야기들이 이어지다가 새로운 소식이 등장했다. 어제와 오늘 사이에 벌어진 일이었다.

진짜 땅 주인은 따로 있었어.

안실장을 만난 영인은 채사장이 자신을 속여왔음을 알

게 되었다. 영인이 통화했던 땅 주인이라는 사람은 실소
유자의 남편이었다.

남편이 땅 주인인 척하면서 말도 안 되는 땅값을 부른
거야. 채사장이 중간에서 날 속인 거고.

영인은 손부채로 얼굴의 열을 식혔다. 양 볼이 화끈거
렸다. 지금껏 마음 고생한 생각을 하면 화가 가라앉지 않
았다.

그 인간들 도대체 정체가 뭐야?

선욱이 언성을 높이자 놀란 예나의 눈이 동그래졌다.

영인은 안실장과 실소유자를 만나 부동산 계약을 마쳤
다. B동 배수로 공사를 지시하고 호텔 담당자에게도 상황
을 설명했다.

출장을 미룰 걸 그랬어. 당신이 고생을 너무 많이 했네.

선욱이 영인의 손을 다독였다.

영인은 선욱의 어깨에 머리를 잠시 기대었다가 당신도
애 많이 썼어, 하며 와인잔을 들어 올렸다. 선욱은 출장에
서 다낭의 리조트와 좋은 조건으로 계약을 맺었다. 부부
는 와인잔을 부딪쳤다. 둘은 지쳐 있으면서도 들떠 있었

다. 은근한 열기가 두 사람을 감싸고 있는 것 같았다.

와인 한병 더 시킬까.

선욱이 바닥을 드러낸 와인병을 보며 말했다. 아쉬운 얼굴이었다.

오늘은 기분 좀 내고 싶어.

영인이 웨이터를 불러 똑같은 와인을 한병 더 시켰다.

일찌감치 식사를 마친 예나는 유튜브를 보고 싶어했지만, 선욱이 허락하지 않았다.

우리 종이접기 할까?

지수와 예나는 테이블 위 접시를 옆으로 밀어두고 색종이를 꺼내 종이접기를 했다. 영인과 선욱은 메뉴를 하나 더 주문해 와인과 곁들였다. 둘은 서울의 유명 레스토랑에 비해 가격이 저렴하고 맛도 떨어지지 않는다며 만족스럽다는 평을 내렸다.

그런데 그 여자 말이야, 진짜 땅 주인. 다리가 부러졌대. 오늘 소식을 들었어.

영인이 살짝 인상을 찌푸렸다.

어제 나랑 계약하고 나서 남편을 만나러 갔다가 일이

있었나봐. 남편이 운영하는 주유소에서 다쳤대.

영인은 찜찜한 기분을 떨치려 손에 들고 있던 와인잔을 비웠다.

막장 드라마가 따로 없네, 하며 선욱은 혀를 찼다.

지수는 종이접기를 멈추었다. 영인의 목소리가 귓가에 메아리쳤다.

'다리가 부러졌대. 남편이 운영하는 주유소에서 다쳤대.'

지난밤, 달빛 아래 철제 계단을 밟고 선 여자의 갈색 구두가 선명히 떠올랐다. 레스토랑 안 사람들이 웃고 떠드는 소리 사이로 여자의 비명이 들리는 것 같았다.

지수는 고개를 들어 영인을 쳐다보았다. 영인과 눈이 마주쳤다.

지수씨, 맛있게 먹었어요?

영인이 발그레한 얼굴로 물었다.

식사를 마친 영인의 가족은 호텔 로비에서 대리 기사를 기다렸다. 부부는 집까지 데려다주겠다고 했지만, 지수는 버스를 타고 가겠다고 했다. 영인의 손을 잡고 있던 예나가 지수 곁으로 왔다. 예나는 손바닥만 한 종이를 내밀었다. 색종이와 스케치북을 접어 만든 카드였다.

오늘이 지수씨랑 보내는 마지막 날이라니까, 예나가 열심히 만들었어.

카드를 받아 든 지수는 예나를 꼭 끌어안았다.

예나와 있는 시간만큼은 최선을 다해 예나에게 잘해주고 싶었지만, 과연 그랬을까. 나란히 서서 손을 잡은 예나와 지수를 그린 그림 아래 '지수 언니 또 만나요. 사랑해요'라고 적힌 카드를 보며 지수는 마음이 좋지 않았다.

지수씨, 서울 오면 꼭 연락해. 알겠지? 빈말 아니야. 내가 도와줄 수 있는 게 있으면 꼭 얘기해줘.

영인이 활짝 웃었다.

저도 그동안 정말 감사했어요, 언니.

지수는 어색한 웃음을 지었다. 예나와 헤어지는 것은 아쉬웠지만 지금은 이 자리에서 빨리 벗어나고 싶은 생각뿐이었다.

공연 연습 곧 시작한다고 했지? 응원할게.

영인이 파이팅, 하고 외쳤다.

언니, 우리 사진 찍자!

예나가 색종이로 만든 종이 카메라를 들고 지수의 손을 잡아끌었다.

지수와 예나, 영인은 호텔 로비에 나란히 섰다.

자, 찍는다. 하나, 둘, 셋, 찰칵!

종이 카메라를 든 선욱이 외쳤다.

그날의 조각들

지수와 태오는 시내의 한 카페에서 만났다. 둥근 테이블 위에는 뜨거운 음료가 담긴 머그잔이 놓여 있었다.

　일은 할 만해?

　지수가 물었다.

　며칠 전부터 전자제품을 조립하는 공장에 출근하기 시작한 태오는 작업 과정을 익히는 것보다 작업대 앞에서 졸음을 참는 것이 더 힘들다고 했다.

　밤에는 잠이 안 와?

　안 와.

　태오는 밤이 되면 정신이 맑아지고 아침만 되면 잠이

쏟아졌다. 주유소에서 일할 때와 출퇴근 시간이 정반대여서 적응이 필요했다.

대화가 끊기고 둘 사이에 어색한 분위기가 감돌았다. 지수와 태오는 그 사건 이후 일주일 만에 만났다. 그동안은 안부를 묻는 메시지만 간단히 주고받았다. 둘은 아무 일도 없었던 것처럼 지내고 싶었다. 그날과 관련된 얘기는 하고 싶지 않았다. 오늘은 할 말이 있다며 지수가 태오를 불러냈다.

태오야. 나 어제 서울 다녀왔어.

태오의 손을 바라보던 지수가 말했다. 머그잔을 쥔 태오의 손등엔 딱지가 앉아 있었다.

내 말 듣고 있어?

태오는 창밖에 시선을 둔 채 말이 없었다. 잠시 후에 태오가 지수를 보며 물었다.

이번 작품 정말 하고 싶어했잖아. 후회하지 않겠어?

이번에는 지수가 대꾸하지 않았다. 머그잔을 만지작거리기만 했다.

태오는 극단 선후배들의 연락을 받았다. 지수가 극단을

나갔다며 무슨 일이냐고 물어왔다.

지수야, 다시 생각해봐. 이제 연습 시작했잖아. 앞으로…

태오의 말이 끝나기 전에 지수는 고개를 가로저었다.

대사를 못하겠어.

무표정한 얼굴로 지수가 말했다.

연습 첫날 출연 배우들이 다 함께 모여 대본을 읽는 자리에서 지수는 목이 잠겨 도중에 멈추었다. 둘째날은 마리안의 독백을 망쳤다. 셋째날도 넷째날도 나아지지 않았다. 수십번 읽고 외운 대사인데도 입 밖으로 나오지 않았다. 단어 몇개를 간신히 기계적으로 내뱉을 뿐이었다. 발음은 뭉개지고 호흡이 툭툭 끊겼다. 지수는 연습실에 남아 대본을 펼쳤다. 거울로 둘러싸인 연습실의 마룻바닥에 혼자 앉아 있으니, 누군가 연습실 문을 세차게 두드릴 것 같았다. 문이 요란하게 흔들리다가 벌컥 열릴 것 같아 숨이 막혔다. 지수는 연출을 찾아가 작품에서 빠지겠다고 했다. 그날 밤 잠자리에 든 지수는 한참을 뒤척이다가 일어나 통장 잔고를 확인했다. 그리고 다음 날 카페 근무가 끝나자마자 서울로 가는 고속버스에 올랐다.

서울에 집 구했어. 내일 고시원에서 짐 빼려고.

지수가 말했다.

내일 시간 좀 내줄 수 있어?

지수는 태오에게 이사를 도와줄 수 있는지 물었다.

이튿날 태오는 지수의 고시원 앞으로 갔다. 차에 지수의 짐을 싣고 서울로 향했다. 지수가 구한 반지하방은 낡은데다가 관리가 되지 않아 손볼 곳이 많았다.

이건 어떻게 안 되는 거야?

지수는 욕실 창문을 가리켰다. 창틀이 찌그러져 창문이 제대로 닫히지 않았다.

계약할 때 얘기 안 했어?

이런 거 안 해주는 조건으로 싸게 내놓은 거래.

이 집의 욕실 상태는 엉망이었지만 지수는 그저 공용 욕실이 아니라서 좋았다.

태오는 욕실등도 살펴보았다. 천장을 타고 내려온 물이 전등 커버 안에 고여 있었다.

이건 얼른 갈아야 해. 이러다 누전되겠어.

둘은 전등을 사러 집을 나섰다. 좁은 골목을 빠져나와 분식집과 간판 없는 잡화점, 빨래방을 지났다.

이 동네 어떤 것 같아?

지수가 물었다.

여긴 서울 같지 않네.

서울 같지 않은 게 뭐야?

새 건물이 하나도 없잖아. 골목도 많고 계단도 많고.

그래서 좋다는 말이야, 하며 태오가 덧붙였다.

태오 말대로 동네에는 골목과 계단이 많고 빈집도 있었다. 깨진 유리창과 쓰레기 더미, 그 사이를 거니는 고양이가 간혹 보였다.

철물점을 찾아 더 걷다가 태오는 아버지와 싸운 얘기를 했다.

또 싸웠어?

주방에서 뭘 하시다가 자꾸 다치시잖아.

태오 아버지는 불편한 몸으로 국을 끓이다가 화상을 입었다. 태오는 자기가 하겠다고, 다시는 주방에 가지 말라고 잔소리했다.

'그러다 다치면 병원비로 돈이 더 나간다고요. 그게 더 손해라고요.' 아버지랑 집에 있는 내내 내가 이런 말을 하고 있더라고.

태오가 짧은 한숨을 내뱉었다.

그런데… 나라도 그렇게 했을 것 같아. 아버지처럼 음식을 만들어두려고 할 것 같아.

작은 놀이터를 지나며 지수가 말했다.

아니, 난 아니야. 그럴 일 없어.

태오가 단호하게 말했다.

나도 늙고 병들겠지만, 자식은 낳지 않을 거니까.

태오가 말했다.

정관수술을 할까 해. 그동안 생각만 했는데 정말로 할 거야.

잠자코 듣고만 있던 지수는 뭔가를 말하려고 입을 뗐다. 그런데 태오가 먼저 길을 건넜다. 건너편 철물점 안으로 들어가버렸다.

철물점에서 전등을 사고 현관 열쇠를 복사했다. 두툼한

단열 벽지도 구입했다. 태오가 욕실등을 교체하고 곰팡이
가 심한 벽에 벽돌무늬 단열 벽지를 붙였다. 태오는 지수
의 집에서 하룻밤을 묵고 강소로 돌아갔다.

　며칠 뒤에 지수는 영인의 연락을 받았다.
　—지수씨, 나 영인이야. 전화번호를 바꿨어. 이거 보면
연락 부탁해.
　저장되어 있던 영인의 연락처가 아닌 다른 번호로 온
메시지였다. 지수는 통화 버튼을 눌렀다.
　지수씨, 놀라지 마. 가짜 땅 주인이 태오씨가 일하는 주
유소 사장이었어. 그걸 이제 알았어.
　영인은 안부 인사도 없이 박사장 얘기를 했다. 박사장
때문에 어쩔 수 없이 연락처를 바꾸었다면서 그동안의 일
을 들려주었다.
　배수로 공사 중이던 어느날 영인은 박사장의 전화를 받
았다. 이후로 번호를 차단해두었지만 박사장은 지인들의
전화로 욕설이 섞인 문자와 음성메시지를 보내왔다. 공장
주변에는 대자보가 붙었다. 영인이 공장 부근의 토지 매

도를 강요했으며, 사람을 시켜 토지 주인의 남편이 운영하는 주유소에서 횡포를 부리게 했다는 내용이었다.

　그날 밤 도대체 무슨 일이 일어났던 건지 알아야겠어.

　영인은 태오가 2월 5일 금요일 밤에 주유소에서 근무했는지 알고 싶어했다. 지수는 영인과 통화하는 내내 심장이 두근거렸다.

　그런데 지수씨 그동안 잘 지낸 거지? 내가 너무 경황이 없어.

　수화기 너머 초조한 목소리로 영인이 말했다.

악몽의 속삭임

태오가 지수의 집에 도착했을 때 방바닥은 얼음장이었다. 오래된 보일러가 고장난 것이었다. 태오보다 조금 일찍 도착한 지수는 보일러 수리 기사와 통화 중이었다. 보일러 온도 조절기에 뜬 에러 코드를 기사에게 불러주었다.

기사가 여덟시쯤 온다고 했으니까 두시간 넘게 기다려야 해.

통화를 끝낸 지수가 말했다. 집주인과는 연락이 되지 않았다.

지수와 태오는 집을 나섰다. 동네 분식집에서 김밥과 라면을 먹고 나와서는 카페로 갈지, 태오의 차로 갈지 정하지 못하고 그냥 걸었다.

사모님은 발목에 티타늄을 심었대. 2주 후에 퇴원하실 예정이래.

지수가 영인에게 들은 이야기를 전했다.

태오도 영인의 전화를 받았다. 사건이 있던 날 밤, 주유소에서 근무했던 직원의 연락처를 궁금해해서 상현의 전화번호를 알려주었다.

사모님이 주유소에 오지 않았다면 우린 성공했을까. 돈이 생겼다면 우린 어떻게 지내고 있을까.

지수가 혼잣말하듯 말했다.

지금처럼 도망치듯 극단을 나오지는 않았겠지? 넌 극단에 복귀한다고 선배한테 연락했을까?

그만하자.

태오는 지수의 말이 듣기 싫었다.

이런 가정이 소용없다는 것을 지수도 알았다. 그런데도 자꾸 말이 입 밖으로 튀어나왔다.

영인 언니는 차단기 내린 사람을 찾고 있어. 나를 찾고 있는 거야.

네가 아니라 나를 찾고 있어.

그게 무슨 말이야?

지수가 걸음을 멈추고 물었다.

태오는 박사장이 집까지 찾아온 일을 털어놓았다.

너지? 네가 차단기를 내린 거지? 집 앞 가로등 아래에서 사장이 태오를 노려보며 추궁했다.

사장이 널 본 거야?

내가 차단기를 내렸다고 의심한다는 건 너랑 나 둘 다 못 봤다는 거야. 주유소 내부를 아는 사람 중에 날 찔러본 거겠지.

태오가 한쪽 눈을 찌푸렸다.

태오는 사장에게 정기사를 사주한 일을 따져 묻고 싶었지만 괜한 오해를 불러일으킬까봐 꾹 참고 아무 말 하지 않았다.

지수야, 잘 들어. 우리 둘 다 그날 주유소에 없었던 거야. 혹시 누가 물어도 끝까지 그렇게 얘기해야 해.

태오의 눈빛이 날카로워졌다. 지수는 고개를 끄덕였다.

어느새 여덟시가 훌쩍 넘은 시각이었다. 집주인은 다른 얘기 없이 보일러 기사가 도착하면 연락을 달라는 메시지만 보내왔다. 보일러 기사에게서는 연락이 없었다. 지수가 기사에게 전화를 걸어도 받지 않았다. 태오가 다시 전화를 해보았다. 이번에는 연결이 되었다.

연락을 미리 주셨어야죠.

태오가 거칠게 내뱉었다.

이럴 거면 진작에 못 온다고 하지.

전화를 끊고 나서 태오가 짜증을 냈다. 기사는 앞선 작업이 늦게 끝났다며 내일 아침 일찍 오겠다고 했다.

지수와 태오는 동네를 벗어나 계속 걸었다. 코가 빨개지고 손이 시렸지만 한참을 더 걷다가 집으로 돌아갔다.

집을 나설 때 전원을 켜두었는데도 전기장판은 별로 따뜻하지 않았다. 둘은 외투를 입은 채로 전기장판에 누워 이불을 덮었다. 세수도 양치도 하지 않았다.

지금 우리한테 필요한 건 잠이야. 잠을 푹 자야 해.

잠이 들 때까지 얘기하자. 얘기하다가 동시에 잠드는

거야. 그러면 악몽을 꾸지 않을 거야.

둘의 입에서 나온 허연 입김이 공중에서 사라졌다.

요즘 지수는 악몽에 시달렸다. 꿈속에서 지수는 주유소 화장실 안에 갇혀 있었다. 태오도 악몽을 꾸었다. 태오의 꿈은 여자의 비명으로 시작했다. 주유소 앞마당에 누워 있는 사장 부인이 손가락을 들어 태오를 가리켰다. 고개를 돌리면 박사장이 태오를 노려보고 있었다. 아악, 하고 소리를 지르는 태오를 아버지가 깨웠다. 지수의 악몽에 태오가 나왔고 태오의 악몽에는 지수가 나왔다. 태오가 화장실 안에 갇혀 있고 보일러실 옆에 서 있던 지수가 박사장에게 뒷덜미를 잡혔다.

나보다 먼저 잠들지 마.

지수가 말했다.

응. 그렇게.

태오가 지수를 토닥였다.

그날 말이야. 우리가 그 일을 결심한 날.

지수는 온기를 빼앗기지 않으려는 듯이 작게 속삭였다.

그날? 언제?

펜션에 싱크대 고치러 간 날 말이야. 그날 내가 무슨 짓을 했는지 이제 알 것 같아.

지수는 태오와 더 얘기하고 싶었다. 하지만 태오는 졸음이 쏟아졌다. 얼마 지나지 않아 스르륵 태오의 몸에 힘이 빠졌다.

자? 자지 마.

지수가 말을 멈추고 태오의 어깨를 흔들었다.

태오는 나 안 자, 말하고는 곧 잠들고 말았다. 몸을 한번 뒤척이더니 더이상 움직이지 않았다. 태오의 한쪽 팔과 어깨가 지수의 몸을 짓눌렀다.

이제 지수는 눈을 깜빡이며 혼자 얘기했다.

난 달라지고 싶었어. 예전의 나를 버리고 싶었어. 운명을 바꾸고 싶었던 거야.

중얼거리던 지수는 눈을 감았다. 태오의 품을 벗어나려는 듯 몸을 비틀었다가 잠시 후에는 맥이 풀린 듯 가만히 있었다. 숨을 내쉴 때마다 오르내리던 지수의 어깨가 차분해졌다. 지수도 잠이 들었다.

엇갈린 미소

다음 날 태오가 강소로 돌아가고 나서 지수는 몸살을 심하게 앓았다. 며칠 쉬며 몸을 추스르고 지수는 일을 구했다. 강소에서처럼 카페와 출장 뷔페 아르바이트였다. 지수는 전철을 타고 다녔다. 출퇴근 시간의 전철에서 스마트폰을 떨어뜨려 잃어버릴 뻔하고 사람들에게 떠밀려 코트 단추가 뜯겨나가기도 했지만, 지수는 전철 타는 걸 좋아했다. 전철에 오르내리는 사람들의 모습에, 또 차창으로 스치는 풍경에 넋을 잃기도 했다. 내려야 할 역을 지나 한 바퀴를 돌고 또 돌다보면 과거의 자신에게서 멀어지는 것 같았고 다시 제자리로 돌아가는 것 같기도 했다.

태오 아버지의 부고를 듣던 날, 지수는 2호선에서 5호선으로 환승하려고 긴 지하도를 걷는 중이었다. 지수는 출장 뷔페 아르바이트를 취소하고 터미널로 향해 강소행 고속버스표를 샀다. 강소에 도착하자마자 언니 집에 들러 검은색 옷을 빌려 입고 장례식장을 찾았다.

태오 아버지의 사망 원인은 실족사였다. 산에 갔던 아버지가 날이 어두워져도 돌아오지 않아 태오는 실종신고를 했다. 신고한 지 이틀 만에 시신이 발견되었다.

상복을 입은 태오가 빈소에서 혼자 문상객을 맞고 있었다.

왔어?

태오가 지수를 맞이하며 애써 웃어 보였다.

식장은 한산했다. 친인척은 보이지 않고 동네 사람들이 간간이 찾아왔다. 테이블에 자리를 잡고 앉은 이웃들은 태오 아버지에 대해 얘기했다. 태오 아버지는 결혼 전부터 강소에서 농기계 수리센터를 운영하다가 몇년 전에

센터를 정리하면서 빚을 남겼다. 코로나바이러스가 퍼지면서 외국인 노동자를 구하지 못한 농가들이 수확을 포기한 탓이었다. 농산물 가격도 원가 이하로 내려간 상황이라 농가는 수리센터를 찾을 일이 없었다. 센터를 접고 나서 태오 아버지의 몸은 쇠약해졌다. 사정을 아는 동네 사람들은 이렇게 허무하게 가느냐며 태오 아버지의 죽음을 안타까워했다.

지수는 상을 차리고 치우는 일을 도왔다. 조문객이 몰리는 시간 외에는 대체로 한가해서 혼자 앉아 있거나 태오와 얘기를 나누었다. 태오의 친구들과 상현이 들렀을 때 지수는 함께 앉아 이야기를 나누었다. 극단 선후배들이 왔을 때는 묵례만 나누고 자리를 피했다. 극단 사람들이 자리를 뜰 때까지 식장 밖을 서성였다. 공연을 앞두고 그럴듯한 이유도 없이 극단을 나온 자신이 반가울 리 없었다. 서울 가고 싶어하더니 결국 간 거지 뭐. 극단 사람들 중 한두명은 이런 얘기를 할 것 같았다.

박사장도 빈소를 찾았다. 박사장은 영인을 서울에서 온 도둑년이라고 부르며 그 여자가 자기 인생을 망쳐놓았다고 떠들어댔다. 박사장이 나간 뒤에 같은 테이블에서 술잔을 기울이던 서너명의 사람들은 수군거렸다. 사장 부인이 수술 뒤 의식을 차리자마자 이혼 전문 변호사를 알아보았다고 했다. 이번 일로 사장 부인은 박사장이 도박에 빠져 전재산을 날리고 빚까지 진 사실을 알게 되었다. 영인 공장 부근의 땅은 사장 부인의 부모가 남긴 것으로 부인 명의의 유일한 재산이었다.

이튿날에도 박사장은 장례식장에 왔다. 상을 치우고 잠시 쉬고 있는 지수에게 말을 걸어와 지수는 흠칫 놀랐다. 박사장의 얼굴은 턱수염이 길게 자라 덥수룩했다. 머리카락이 이리저리 뻗친 채 눌려 있고 술 냄새가 났다. 손에는 노란 모자를 들고 있었다.

박사장이 떠난 후 지수는 태오에게 다가가 박사장의 말을 전했다.

사장님이 자기 말대로 하면 돈을 주겠대. 이렇게만 말하면 네가 알 거라고 했어.

진술서를 쓰라는 거야.

목을 조이던 검은 넥타이를 풀며 태오는 피식 웃었다.

얼마 전부터 사장은 영인이 시켜서 주유소에 숨어들었다고 경찰에 진술하면 다시 주유소에 취직시켜주겠다고 연락해왔다.

늦은 오후에 지수는 영인의 메시지를 받았다. 영인은 지수가 지금 장례식장에 있는지 물었다. 박사장이 와 있는지도 알려달라고 했다. 지수는 식장을 둘러본 후 답장을 보냈다.

삼십분쯤 뒤에 영인이 빈소에 들어섰다. 영인은 방명록에 이름을 쓰고 태오와 인사를 나눈 후 지수가 혼자 앉아 있는 테이블로 왔다. 지수가 상을 차리려고 하자 남편이 차에서 기다리고 있어 금방 일어나야 한다며 사양했다.

음료라도 드세요.

지수가 식혜 음료 한 캔을 내왔다. 지수와 영인은 방석을 깔고 좌식 탁자에 마주 앉았다.

아버지랑 둘이 지냈었다며. 태오씨가 상심이 크겠어.

와주셔서 감사해요.

지수에게 영인의 방문은 뜻밖이었다. 여기서 영인을 다

시 만날 줄은 몰랐다.

이사하느라 힘들었나 봐. 아니면 일부러 살을 뺀 거야?

영인은 누구에게 들었는지 지수가 서울로 이사한 것을 알고 있었다. 영인은 이사한 동네가 어디인지, 필요한 건 없는지 묻다가 주변을 살피며 목소리를 낮추었다.

박사장 때문에 접근금지명령을 신청하려고 해.

영인은 박사장의 계속되는 모함을 당하고만 있을 수는 없다며 장례식장까지 찾아온 이유를 밝혔다. 자신이 주유소 직원을 사주했다는 박사장의 주장에 반박하는 진술서를 태오에게 부탁하려는 것이었다. 태오에게 연락하려던 차에 안실장에게 태오 아버지의 부고를 들었다고 했다.

그게 태오씨도 좋지 않겠어? 이상한 소문에 휘말려서 좋을 게 없잖아. 그런데 태오씨는 그날 밤 어디에 있던 거야?

다른 곳에 있었다는 증거가 확실하다면 진술서의 효력이 높아진다며 영인이 물었다.

지수는 영인의 어깨 너머로 시선을 돌렸다. 혼자 빈소를 지키고 있는 태오를 보았다.

태오는 그날 저랑 있었어요.

그래? 지수씨랑 있었어?

영인이 지수를 유심히 보며 물었다.

지수가 고개를 끄덕이자, 영인의 얼굴에서 미소가 사라졌다.

태오씨는 아버지랑 있었다고 하던데.

영인의 말에 지수의 눈동자가 흔들렸다. 화가 난 것 같은 영인의 모습에 지수는 당황했다.

어떻게 된 거야? 난 사실을 알아야 해. 그래야 대응할 수 있으니까.

영인이 굳은 얼굴로 따져 물었다. 영인은 지수의 눈을 한번 피했다가 다시 지수를 바라보았다.

지수와 태오 둘 중의 한명은 거짓말을 하고 있었다. 도대체 왜? 돈이 필요해서 그런 걸까. 영인은 사건을 수소문하며 박사장과 주변 사람들에 관한 이야기를 들었다. 주유소에서 가짜 석유를 팔려다 쫓겨난 직원과 갈 곳이 없어 직원휴게실에서 지낸 직원의 여자친구에 대해서도 들었다. 영인은 직접 보고 들은 것이 아닌 말들은 무시하려고 했다. 하지만 이제는 흔들렸다. 주유소에 갔던 날 지수가 건네준 분홍 잠옷은 어디서 난 걸까? 지수는 그동안 언니의 집이 아니라 주유소에서 지냈던 건 아닐까? 주유소에서 쫓겨났다는 직원이 태오일까? 영인은 혼란스러웠다.

지수는 자세를 고쳐 앉았다. 입을 떼려고 했지만, 아무 말도 나오지 않았다. 영인 앞에서 발가벗겨진 기분이었다. 처음에는 자신과 태오의 사정을 전부 설명하고 싶었다. 오해를 바로잡고 싶었다. 하지만 곧 그럴 필요가 없다는 생각이 들었다. 얘기한다고 해도 영인은 이해할 수 없을 것 같았다. 지수가 영인의 입장을 알 수 없는 것처럼 영인도 마찬가지일 것이다. 그렇게 생각하자 마음이 편안해졌다. 그래서 지수는 아무 말 하지 않았다.

난 지수씨 믿었어. 그래서 예나를 맡겼고 진심으로 대했어. 그런데 지금은 지수씨 말을 믿어도 되는지 잘 모르겠어.

영인은 일을 제대로 처리하고 싶었다. 나중에 또다른 문제가 생기는 상황은 원하지 않았다.

저를 믿으셨어요? 저를 믿어서가 아니라 그냥 편했던 거 아니에요?

지수가 영인의 눈을 똑바로 보고 물었다.

아무 때나 불러도 오니까. 급할 때 일을 시킬 수 있으니까요.

차분한 목소리로 지수가 말을 이었다.

태오는 그날 저랑 있다가 아버지한테 갔어요. 그게 문제가 되나요?

영인을 바라보며 지수가 희미한 미소를 지었다.

영인이 떠난 후 지수와 태오는 장례식장 건물 밖으로 나왔다. 시내에서 한참 떨어진 장례식장 주변은 휑했다. 둘은 어둑해진 허허벌판에 덩그러니 놓인 건물을 한바퀴 돌고 나서 주차장 옆 건물 편의점에 들렀다. 칫솔과 초콜릿 바를 사서 장례식장으로 돌아가는 길에 둘은 걸음을 늦추었다. 주차장 쪽에서 누군가 외치는 소리가 들렸다.

아무도 없어요? 사람이 다쳤어요!

다급히 외치는 여자의 목소리였다.

지수와 태오는 주차장 안으로 들어갔다. 선욱의 머리를 끌어안은 영인이 바닥에 주저앉아 있었다. 두 눈을 감은 선욱은 의식이 없어 보였다. 팔과 다리가 힘없이 떨궈진 채 머리 뒤쪽에서 피가 흘러나왔다.

태오가 주차장 한편에 세워둔 자신의 차를 몰고 왔다. 태오와 지수는 진땀을 빼며 선욱을 뒷좌석에 눕혔다. 선욱의 체구는 그리 크지 않았지만, 성인 남자를 옮기는 것은 보통 일이 아니었다. 지수는 영인의 손을 잡아끌어 차에 태웠다. 태오는 뒷문을 닫고 운전석에 올랐다. 차는 주차장을 급히 빠져나갔다.

지수는 태오를 대신해 빈소를 지키려 남았다. 빈소로 돌아가는 길에 지수는 바닥에 떨어진 노란 모자를 발견했다.

태오는 장례식장에서 가까운 병원 응급실로 차를 몰았다. 의사의 응급처치가 끝날 때까지 영인 옆에 있다가 장례식장으로 돌아왔다. 다행히 선욱은 의식을 되찾았다.

박사장이 벽돌로 남편을 내리쳤대. 그러고는 도망친 거야.

빈소로 돌아온 태오가 작은 목소리로 지수에게 말했다.

차 안에서 영인은 떨리는 목소리로 주차장에서 벌어진

일을 들려주었다.

어이, 얘기 좀 합시다. 장례식장에서 나와 주차장으로 향하는 영인을 박사장이 불렀다. 영인이 무시하고 걸음을 재촉하자 박사장이 욕을 내뱉으며 달려들더니 팔을 잡아챘다. 영인을 발견한 선욱이 차에서 내려 박사장을 밀쳐 냈고 술에 취한 박사장은 비틀거리다가 나동그라졌다. 영인을 살피려 선욱이 뒤돌아서자, 박사장이 주차장 바닥에 있던 벽돌을 집어 들었다.

사장이 간 줄 알았어. 아까 분명히 없었는데…

지수가 마른 입술을 달싹였다. 영인이 빈소를 떠나고 오분도 지나지 않아 벌어진 일이었다.

사장이 주변을 배회하고 있었나봐. 편의점에서 술을 사서 마셨겠지.

태오는 셔츠 단추를 풀어 피 묻은 소매를 안으로 접어 넣었다. 저녁 시간이 되자 문상객이 하나둘 들어섰다.

완벽한 방

산이나 바다에 뿌려달라는 태오 아버지의 생전 바람대로 장례는 산분장으로 치렀다. 집에 돌아온 태오는 아버지의 방에 주저앉아 시간을 보냈다. 방은 평소보다 깨끗했다. 잘 개어놓은 이불과 베개가 반듯하게 쌓여 있고 입던 옷가지나 벗어놓은 양말도 없었다.

창밖이 완전히 어두워진 후에 지수가 태오의 집에 왔다. 지수는 지난밤 막차를 타고 서울로 갔다가 카페 아르바이트를 끝내고 다시 강소로 돌아왔다.

아버지 잘 보내드리고 왔어?

지수는 태오에게 같이 저녁을 먹자고 했다.

태오는 배가 고프지 않다고 했다. 태오는 검은 양복을 그대로 입고 있었다. 상주 완장도 아직 팔에 차고 있었다.

나 오늘 여기서 자고 갈까?

태오를 바라보다가 지수가 물었다.

내일부터 출근해야 해.

부친상으로 공장에 며칠 더 휴가를 낼 수 있었지만, 태오는 바로 나가겠다고 연락해두었다. 지수는 고개를 끄덕이며 싱크대 앞으로 갔다. 개수대에 설거지 거리가 있었다.

그냥 둬.

태오가 수세미에 주방세제를 묻히는 지수의 등에 대고 말했다.

내가 한다고. 그냥 두라고.

설거지를 끝낸 지수가 보자기에 싸인 영정사진을 집어 들려고 하자 태오가 날선 목소리로 말했다.

지수는 영정사진을 도로 내려놓고 코트를 입었다.

지수가 돌아간 후 집 안은 고요했다. 적막하다고 느낄 정도로 아무 소리도 들리지 않다가 거친 숨소리가 들려왔다. 태오 자신의 숨소리였다. 가만히 앉아 있는데도 심장이 두근거리면서 호흡이 빨라졌다. 언덕을 뛰어오를 때처럼 숨이 가빠왔다.

태오는 다음 날 늦지 않게 출근했다. 그다음 날에도 정시에 출근했다. 하지만 작업대에서 연달아 실수하는 바람에 조퇴를 권고 받았다. 이후로 며칠 동안 태오는 아버지 방에서 유품을 정리하며 지냈다. 집 밖에 나가지 않고 전화도 받지 않았다. 그사이 메시지 몇통이 도착했다.

―사장이 경찰한테 잡혀갔대.

상현이 보낸 문자였다. 사장의 주차장 폭행사건이 알려지며 동네가 시끌벅적하다고 했다. 영인은 장문의 메시지를 보내왔다. 진술서를 부탁한다는 내용이었다. 강소에서 서울로 병원을 옮겼다는 선욱의 소식도 전했다. 두피가 꽤 많이 찢어졌지만, 큰 이상은 없다고 했다.

그 주에 강소 지역신문에는 '장례식 문상객 벽돌 폭행'을 헤드라인으로 기사가 나왔다.

태오는 차를 끌고 서울로 출발했다. 지수가 일하는 카페 건물 근처에서 기다렸다가 지수를 태워 아귀찜으로 유명한 식당으로 갔다.

많이 먹어. 너 좋아하는 거잖아.

태오가 뼈를 발라낸 살코기를 지수의 앞접시에 놓아주었다. 콩나물과 미더덕도 올려주었다.

둘은 아귀찜을 배불리 먹었다. 지수도 태오도 오랜만에 제대로 하는 식사였다.

식당에서 나와 집 근처 공터에 차를 세워두고 걸어오면서 지수는 태오의 팔짱을 꼈다.

매콤한 걸 먹고 나니까 아이스크림 먹고 싶어.

지수가 저기 맛있는 거 많아, 하며 무인 아이스크림 가게를 가리켰다. 둘은 가게 안으로 들어갔다.

지수는 서너대의 냉동고 안을 들여다보며 아이스크림을 골랐다. 태오는 셀프 계산대 옆에 서서 벽을 쳐다보았다. 메모가 적힌 포스트잇이 벽면 가득 붙어 있었다.

'대학 합격하게 해주세요' '형편없는 세상' '쉽지 않네' '김현주 나랑 결혼하자.'

우리도 쓸까?

아이스크림을 고른 지수가 태오 곁으로 왔다. 계산대

옆에 놓인 펜과 포스트잇을 집어 들고는 이것 봐, 하면서 다른 메모를 가리켰다.

'서윤 다녀감' '시험 파이팅' '서정민 보고 싶다' '빵또아 짱 맛있음' '예찬아 사랑해.'

태오는 한참 동안 벽을 보고 서서 포스트잇에 적힌 메모를 읽었다. 그리고 볼펜으로 꾹꾹 눌러쓴 아버지의 필체를 떠올렸다. 태오의 방 책상에도 포스트잇이 한장 붙어 있었다.

'태오야. 미안하다. 고맙고 사랑한다.'

유품을 정리하다가 아버지의 방 서랍에서 발견한 것이었다.

뭐 쓰고 싶은데?

태오는 헛기침을 몇번 하고는 지수를 향해 돌아섰다.

뭘 쓸까? 뭘 써야 할지 모르겠네.

지수가 빙긋이 웃으며 포스트잇과 펜을 내려놓았다. 태오는 자신이 고른 빵또아와 지수가 고른 파르페를 계산했다.

둘은 가게를 나와 걸었다. 고양이 한마리가 가로등 아래 있다가 어딘가로 금세 사라졌다.

파르페가 무슨 뜻인지 알아?

지수는 플라스틱 컵에 든 파르페를 스푼으로 떠먹었다.

프랑스 말로 완벽하다는 뜻이래.

아이스크림을 천천히 녹여 먹으며 지수가 말했다.

태오는 걸음을 멈추고 지수를 쳐다보았다.

우리 헤어지는 게 좋을 것 같아.

말없이 서 있던 태오가 지수야, 하고 부르더니 말했다.

그 말 하러 온 거야? 그 말 하려고 저녁 사준 거야?

며칠 동안 연락이 되지 않던 태오가 갑자기 와서 지수는 놀랐다. 맛있는 걸 사주겠다며 식당으로 데려갈 때부터 어쩌면 태오가 안 좋은 소식을 전할지도 모른다고 생각했다.

오래전부터 생각한 거야.

태오가 말했다.

우리가 어떻게 하면 좋을지, 너도 생각해봤을 거 아니야. 당장은 힘들어도 나중엔 잘했다 싶을 거야.

응, 나도 생각해봤어.

태오의 얼굴을 찬찬히 들여다보던 지수가 고개를 끄덕였다.

그랬어?

순간 태오의 얼굴이 더 어두워졌다.

우리가 서로 괴롭히고 있다는 생각. 내가 널 괴롭힌다는 그런 생각. 헤어지는 게 나을까, 나도 생각해봤어.

지수는 플라스틱 스푼으로 아이스크림을 푹푹 찔렀다. 태오는 천천히 고개를 끄덕였다.

그런데 나랑 헤어지면, 넌 잘 지낼 것 같아? 잠을 푹 잘 것 같아?

건너편 길을 걷는 사람들을 보다가 지수가 물었다.

그게 아니라면 헤어지는 건 천천히 생각해보자. 그건 나중에 얼마든지 할 수 있으니까.

지수는 한 손을 주머니에 넣더니 주섬주섬 무언가를 꺼냈다.

고시원비만큼만 매달 내면 이 집에서 지낼 수 있어. 당분간이라도 여기서 같이 있으면 어때?

176

지수는 태오를 향해 손을 내밀었다. 손바닥에는 현관 열쇠가 있었다. 지수가 가만히 서 있는 태오 곁으로 한발 다가가 태오의 점퍼 주머니에 열쇠를 넣었다.

지수는 다시 걷기 시작했다. 몇발자국 앞서 걷다가 뒤돌아 태오를 보았다. 태오도 지수를 따라 걸었다. 둘은 함께 걸어 골목길로 접어들었다.

태오는 공장을 그만두고 간단한 짐을 챙겨 지수의 집으로 왔다. 아버지의 장례를 치르고 남은 돈으로 한두달을 지수의 방에서 지내기로 했다. 이후에는 남은 빚을 갚아야 했다. 태오는 지수가 일하는 동안 방바닥과 창틀을 닦고 쓰레기를 분리배출하고 빨래방에 다녀왔다. 동네 주변을 걷고 가까운 산에 올랐다. 신경정신과를 찾아 상담을 받고 약을 먹었다. 장을 봐 와서 간단한 요리를 하고 지수가 돌아오면 같이 식사했다.

이른 봄이 되자, 건넛집 나무에 목련 꽃봉오리가 보였다. 산에 오르며 태오는 햇살과 공기가 달라지는 걸 느꼈다. 3월 말의 어느 날, 태오는 강소 집에서 챙겨온 습작 노트를 펼쳤다. 작품을 쓰려고 메모를 해두던 노트였다. 마지막 습작일은 두해 전이었다. 그 페이지에 지수가 한 낙서가 있었다. 아버지가 입원해 있는 동안 지수가 태오 집에서 지냈을 때 적은 것이었다. '작품 안 쓰고 뭐 하는 거야. 바보멍충이메롱사랑해ㅋㅋ' 태오는 지수의 낙서 아래 오늘 날짜를 적었다. 일기를 쓰고 싶었다. 하지만 노트를 앞에 두고 앉아만 있다가 펜을 내려놓았다. 다음 날 산에 다녀와서 다시 노트를 펼치고 날짜를 적었다. 며칠 동안 날짜와 단어를 몇개 적었다. 다음 주에 태오는 산에 올라 새싹이 돋기 시작한 나무를 바라보며 문장을 하나 떠올렸다. 아버지의 메모에 답장을 하고 싶었다.

지수는 한 극단의 워크숍 공연 단원 모집에 지원했다. 6주간 준비기간을 거쳐 하루 무료 공연을 하는 워크숍으로 신입 단원과 연구생을 위한 프로젝트였다.

지수가 합격 통보를 받던 날, 태오는 꽃을 사 왔다. 지수는 집 안에서 비교적 해가 잘 드는 도로변 창가에 꽃을 두었다. 그 창 바로 옆으로 방 한가운데를 가르는 커튼이 있었다. 태오가 커튼과 커튼 봉을 사 와 달아둔 것이었다. 창가에서 반대쪽 벽까지 이어진 커튼이 방을 가로질러 공간을 두개로 나누었다.

한달 동안 지수와 태오는 잘 지냈지만, 몇번은 사소한 일로 다투었다. 주말에만 잠시 같이 지내는 것과 한집에서 내내 함께 사는 것은 달랐다. 지수의 방은 둘이 살기에는 좁았다. 지수도 태오도 혼자만의 공간이 필요했다.

둘은 함께 식사하고 맥주를 마시며 영화를 보거나 음악을 듣다가 각자 시간을 보내고 싶을 때 커튼을 쳤다. 얇은 커튼을 사이에 두고 태오가 일기를 쓰려고 애쓰는 동안 지수는 워크숍 공연 대본을 읽었다. 일반 관객을 대상으로 하는 공연은 아니었지만, 첫 공연을 준비할 때처럼 설레고 긴장이 되었다. 지수는 자신에게 한번 더 기회를 주고 싶었다. 마리안을 떠나보내고 다른 인물을 만나야 했다. 새로운 상상을 시작해야 했다.

어떤 기쁨

외곽 도로를 달리는 차 안에서 지수는 차창을 바라보았다. 스치는 풍경은 익숙하면서도 낯설었다. 지수는 태오의 차를 타고 강소로 향하는 중이었다. 지난주에 태오는 모르는 번호의 전화를 한통 받았다. 강소 경찰서로 출석해 조사를 받아야 한다는 경찰의 전화였다.

태오가 조사받는 동안 지수는 경찰서 앞 카페에서 태오를 기다렸다. 기다리는 동안 읽으려고 가져온 책은 펼치지도 못했다. 태오는 걱정할 필요 없다고 했지만, 지수는 마음이 놓이지 않았다. 한시간이 지난 다음부터는 카페 문에 달린 종이 울릴 때마다 입구를 쳐다보았다. 짙은 눈썹의 남자가 들어설 때도 지수는 무심코 고개를 들었다. 이목구비가 눈에 익어 어디서 봤지, 하다가 뒤따라 들어오는 영인과 눈이 마주쳤다. 앞서 들어온 남자는 선욱이었다. 영인과 선욱은 경찰서 옆 군청에 공장 시설 관련 일을 보러 왔다가 카페에 들른 것이었다. 부부는 곧 서울로 출발해야 했지만, 삼십분 정도는 여유가 있었다.

셋이 창가에 테이블을 잡아놓고 음료를 주문하려 카운터 앞에 서 있을 때 경찰 조사를 마친 태오가 카페로 들어섰다.

잘 끝났어?

지수가 태오 곁으로 가 물었다.

경찰은 태오에게 2월 5일 밤 열한시에서 열두시 사이 어디에 있었는지 물었다. 아버지와 집에 있었다는 대답에 경찰이 태오 아버지의 사망일을 확인하고 조사는 오래 걸리지 않아 끝났다. 태오가 자리에서 일어날 때 경찰은 말했다.

박유선씨랑 보통 악연이 아닌가봐요.

목격자도 증거도 없는데 사장은 그날 밤 주유소에서 태

오를 봤다는 주장을 굽히지 않는다고 했다. 박사장은 끝내 주유소 CCTV를 제출하지 못했지만, 절차상 조사를 진행해야 했다고 경찰이 설명했다.

조사는 금방 끝났어. 대기하느라 오래 걸린 거야.

태오는 홀가분한 얼굴로 지수를 안심시키고 영인, 선욱과 인사를 나누었다.

몸은 괜찮으세요?

장례식 주차장에서 의식을 잃은 선욱을 차까지 옮기느라 진땀 뺐던, 그날의 사건이 거짓말인 것처럼 선욱은 건강해 보였다. 혈색이 좋고 기운이 넘쳤다.

그날 많이 놀랐죠.

흉터 남은 것 말고는 괜찮아요. 간만에 푹 쉬었죠, 하며 선욱이 호탕하게 웃었다.

우리 보통 인연이 아닌 거죠?

영인은 네 사람이 한자리에 모인 것이 믿기지 않는다는 듯 지수와 태오, 선욱을 번갈아 보며 묘한 표정을 지었다.

당연하지. 두 사람이 우리 부부를 한번씩 구해줬잖아요.

선욱이 영인의 말에 맞장구를 쳤다.

영인은 태오에게 아버지 발인을 잘했는지 물었다. 우편으로 보내준 진술서를 잘 받았다고, 박사장을 상대로 한 접근금지가처분 신청이 처리되었다고 고마워했다.

서서 얘기를 나누던 네 사람은 낮은 원목 테이블을 사이에 두고 마주 앉았다. 앉자마자 전화벨이 울렸다. 영인이 가방 안에 있는 스마트폰을 꺼내려고 상체를 숙이면서 목에 두른 스카프 끝자락이 음료 잔 안으로 들어갔다. 영인이 음료에 젖은 스카프를 풀자, 목걸이가 보였다. 고개를 숙인 채 영인은 목걸이를 만지작거렸다. 스카프 올이 펜던트에 걸려 빠지지 않았다. 그사이에 벨소리는 끊겼다.

또 잃어버리지 않게 조심해. 매년 생일선물로 예물 목걸이를 사줄 순 없잖아.

선욱이 영인을 나무라듯 말했다.

스카프 올이 좀처럼 빠지지 않아 영인은 애를 먹었다. 목걸이는 땀이 나 축축한 영인의 손가락 사이로 미끄러지기만 했다. 그때 지수가 조용히 자리에서 일어나 영인의 곁으로 갔다. 지수는 영인의 뒤에 서서 목걸이를 풀었다.

지수의 손이 영인의 목덜미를 스쳤다. 피부에 닿은 손가락이 얼음장처럼 차가워 영인은 자신도 모르게 어깨를 움츠렸다.

지수는 스카프 올을 빼내고 영인의 목에 목걸이를 다시 채운 뒤 자리로 돌아왔다.

영인은 장례식장을 찾았던 날 지수를 만나 느낀 당황스러움을 기억했다. 자신은 지수를 몰아붙였고 지수의 반응은 차가웠다. 영인에게 지수는 고마운 사람이었지만 여전히 알 수 없는 사람이기도 했다. 그런 생각을 하며 영인은 지수를 향해 미소 지었다.

오늘은 제법 해가 따뜻해요.

영인이 창밖으로 시선을 돌렸다.

꽃샘추위로 추운 날씨가 이어지다가 며칠 만에 햇살이 따뜻한 날이었다. 창가에 4월의 햇볕이 내리쬐고 있었다.

표대표는 요즘 모자 쓴 남자만 봐도 놀라요.

영인을 보며 선욱이 말했다. 카페로 막 들어선 나이 든 남자를 흘끔 쳐다보는 영인의 얼굴이 어느새 딱딱하게 굳어 있었다. 남자는 야구 모자를 쓰고 있었다.

혼자 길을 걸을 때면 누군가 따라오는 것 같아 괜히 뒤를 돌아보곤 한다고 영인은 털어놓았다.

박사장은 집행유예를 받고 풀려났어요.

선욱의 목소리에 짜증이 묻어났다.

박사장은 여전히 만나는 사람마다 자기는 억울한 누명을 썼다고 주장하며 동네를 돌아다닌다고 했다. 이런저런 이야기들이 안실장을 통해 영인의 귀에 들어왔다.

박사장이 가방을 찾았대요.

영인이 안실장에게 들은 이야기를 전했다.

가방이요?

태오가 물었다.

그날 주유소에서 없어진 가방이요.

영인의 말에 지수와 태오는 동시에 청록색 가방을 떠올렸다. 침엽수 사이로, 번쩍이던 불빛을 향해 가방을 힘껏 던지던 순간이 스쳤다.

가방을 어디서 찾았대요?

태오의 목소리가 갈라졌다.

주유소 근처라고 한 것 같아요. 뭐 아는 거라도 있어요?

영인이 지수와 태오의 표정을 살폈다. 순식간에 둘의 눈빛이 초조해진 것을 영인은 알아챘다. 지수는 눈을 질끈 감았다가 아랫입술을 깨물었고 태오는 창백한 얼굴로 아니요, 하며 고개를 저었다.

테이블 위로 알 수 없는 긴장감이 흘렀다.

그놈을 잡았어야 했어. 화장실에 숨어 있던 놈 말이야.

이런 분위기를 견딜 수 없다는 듯이 선욱이 목소리를 높였다. 그 도둑놈만 잡았으면 박사장의 지저분한 수작도 없었을 거라며 흥분했다.

그 가방에 현금이 꽤 들어 있었대.

영인이 이어서 말했다.

그걸 믿어? 박사장이 거짓말하는 거 아니야?

선욱은 쏘아붙이듯 말했다가 아니지, 판돈이 적지 않았겠지. 돈이 꽤 들어 있었겠지, 하며 코를 씰룩거렸다.

도박꾼 중 한명이 일을 꾸몄단 얘기가 있어.

그것 봐. 내가 처음부터 얘기했잖아. 분명 도박꾼 짓이라니까.

선욱은 씩씩거렸다. 그리고 더이상 말하지 않았다. 박 사장이 만들어낸 소문에 놀라난 것 같아 불쾌했다.

지난겨울은 잊지 못할 거야.

영인이 허공에 시선을 두고 말했다.

애초에 무리한 계획이라고 했잖아. 하루 이틀만 늦었어도 위약금을 물 뻔했어.

처음부터 선욱은 일정을 맞추기 어려울 거라며 호텔 계약에 반대했었다.

어쨌든 해결됐잖아.

영인이 지지 않고 말했다.

영인은 선욱의 반대를 무릅쓰고 밀어붙였고 위험한 고비를 여러번 넘겼다. 대가는 생각보다 가혹했다. 선욱까지 위험에 빠뜨리며 이렇게 오랜 시간 쫓기듯 지내게 될 줄은 몰랐다.

어디서부터 잘못된 걸까.

영인은 투명한 얼음 조각이 가득 든 음료를 빨대로 휘저으며 중얼거렸다.

뭐라고?

아무것도 아니야.

영인과 선욱은 조용히 음료를 마셨다.

벌써 시간이 이렇게 되었네.

선욱이 시간을 확인했다. 선욱의 말에 영인은 호흡을 가다듬고 몸을 바로 세웠다. 옷의 구김을 펴고 스카프와 가방을 들었다.

지금 출발하지 않으면 고속도로에서 속도를 내야 할 거야.

서울에서 곧 만나요. 같이 식사해요.

자리에서 일어나며 영인과 선욱이 말했다. 둘은 서둘러 카페를 나섰다.

카페 창가 자리에 지수와 태오, 둘만 남았다. 둘은 말없이 창가를 보며 앉아 있었다. 짧은 시간 동안 많은 일을 해치운 것처럼 둘은 피로했다.

낮은 원목 테이블 위에는 영인과 선욱의 음료 잔에 맺혀 있다가 흘러내린 물이 남아 있었다. 둥근 테두리 모양으로 남은 물기를 보며 지수는 폭설이 내리던 밤, 영인과의 첫

만남을 떠올렸다. 그리고 전구 사이에서 목걸이를 발견하고 기뻐하던 날도 떠올렸다. 그 목걸이는 이제 지수에게 없었다. 지수는 서울의 부동산으로 집을 보러 가기 전에 금은방에 들렀다. 주인에게 목걸이를 건네고 현금 뭉치를 받았다. 희영에게 빚을 갚고 남은 돈으로 집을 구했다.

태오에게 이사를 도와달라고 부탁하면서 보증금은 어디서 났냐고 태오가 물으면 뭐라고 답을 해야 할까, 지수는 고민했다. 하지만 태오는 묻지 않았다. 조금 전 목걸이를 또 잃어버리지 말라는 선욱의 말을 듣고도 태오는 아무 말 하지 않았다.

지수는 태오의 옆모습을 바라보았다. 둘 사이에 이상한 비밀이 생긴 것 같았다.

지수가 태오를 불렀다. 나란히 앉은 둘은 고개를 돌려 마주 보았다.

이제 뭐 할까?

오늘은 모처럼 쉬는 날이었다. 자차 택배 일을 시작한 태오는 경찰조사 때문에 오늘 하루를 비워두었다.

지수는 목걸이를 돌려주지 않은 날부터 후회했다고, 많

이 괴로웠다고 고백하고 싶었다. 하지만 다시 그때로 돌아간다고 해도 같은 선택을 할 것 같다고 말하고 싶었다. 어쩌면 그날의 밤은 앞으로도 영영 끝나지 않고, 오늘처럼 불쑥 또 찾아올지도 모른다고 얘기하고 싶었다. 하지만 지금은 아니었다. 지금은 태오와 다른 것들을 나누고 싶었다.

지수는 태오와 노래를 부르고 싶었다. 지수는 태오의 손을 잡았다. 태오 손등에 희미하게 남은 흉터를 어루만졌다.

가고 싶은 데 있어?

음악 들으면서 드라이브할까?

지수와 태오는 차 안에서 음악을 틀어놓고 노래를 따라 부르곤 했다. 둘 다 음치였지만 상관하지 않고 소리 지르며 노래를 불렀었다.

지수와 태오는 자리에서 일어나 카페 문을 열고 나갔다. 문에 달린 종소리가 울렸다.

둘은 차에 올라탔다. 둘의 추억이 담긴 노래의 전주를 들으며 예전처럼 노래 부를 수 있을까, 지수는 생각했다.

꼭 하고 싶은 일이 있는데 그 일로는 아주 적은 돈만 벌 수 있다면

얹혀 살던 친구 집에서 나와 당장 지낼 곳을 구해야 한다면

아르바이트 시급으로 갚기에는 막막한 빚이 생겼다면

아픈 가족을 부양해야 하는데 일자리를 잃었다면

이런 상황이 가정이나 꿈이 아니라 눈앞에 닥친 현실이라면

어떤 순간을 마주하게 될까. 어떤 선택 앞에서 망설일까.

그럴듯한 선택지에 마음이 흔들렸다면

한가지 생각에 사로잡혀서 흔들리던 마음을 내어주었
다면

그래서 '어제'라면 하지 않았을 일을 '오늘' 하고 말았
다면

후회하고 또 후회할까. 아니면 후회하지 않을까.

괜찮아. 괜찮은 거야, 속삭이다가

너. 너 때문인 것 같아, 곁에 있는 사람이 미워질까.

끝내는 자신이 견딜 수 없이 싫어지고

스스로를 아끼는 마음이 사라져간다면

그때 누군가의 손을 잡을 수 있을까.

그런 누군가의 손을 잡을 수 있을까.

이런 생각을 하고 또 하는 누군가의 얼굴을 오래 들여
다보고 싶었다.

*

　2022년 가을과 겨울 스위치에 연재한 원고를 2023년 봄에 수정하고 퇴고했다. 연재하는 동안 이해인 편집자에게, 출간을 준비하면서 김가희 편집자에게 많은 도움을 받았다.

　신순이님과 이홍주님, 서재원님과 이창재님께 사랑과 감사의 마음을 전하고 싶다.
　소설을 완성하는 일이 멀고 아득하게 느껴질 때 네분을 떠올리며 포기하지 말아야지, 생각했다.
　한번도 본 적 없는 당신의 얼굴도 상상했다. 지금처럼 이렇게 서로 모르더라도 스치듯 닿을 수 있다고, 어느 한 순간 함께일 수 있다고 믿고 싶었다.

2023년 7월

이승은

도망치는 연인

초판 1쇄 발행 / 2023년 7월 21일

지은이 / 이승은
펴낸이 / 강일우
책임편집 / 김가희
조판 / 황숙화
펴낸곳 / (주)창비
등록 / 1986년 8월 5일 제85호
주소 / 10881 경기도 파주시 회동길 184
전화 / 031-955-3333
팩시밀리 / 영업 031-955-3399 편집 031-955-3400
홈페이지 / www.changbi.com
전자우편 / lit@changbi.com

ⓒ 이승은 2023
ISBN 978-89-364-3924-8 03810

* 이 책은 2023년도 아르코문학창작기금 지원사업에
  선정되어 발간된 작품입니다.

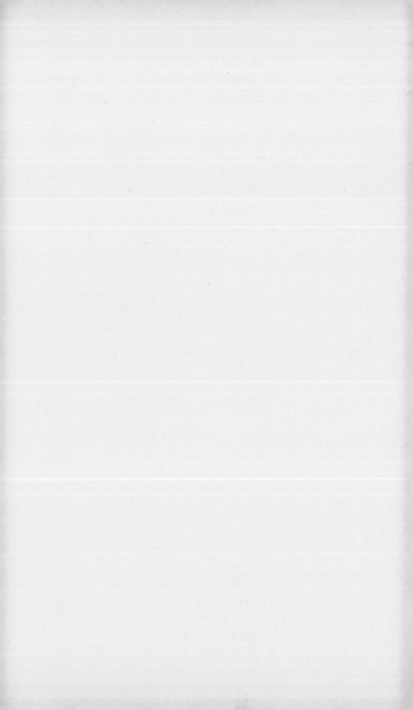